BEATE LAU

Eine verdammt gute Geschichte

novum pro

Bibliografische Information
der Deutschen Nationalbibliothek:

Die Deutsche Nationalbibliothek
verzeichnet diese Publikation in
der Deutschen Nationalbibliografie.
Detaillierte bibliografische Daten
sind im Internet über
http://www.d-nb.de abrufbar.

Alle Rechte der Verbreitung,
auch durch Film, Funk und Fernsehen,
fotomechanische Wiedergabe,
Tonträger, elektronische Datenträger
und auszugsweisen Nachdruck,
sind vorbehalten.

© 2021 novum Verlag

ISBN 978-3-99107-473-1
Lektorat: Anna Paul
Umschlagfotos: Khaneeros
Thongboonyang, Kyolshin,
Anneleven | Dreamstime.com
Umschlaggestaltung, Layout & Satz:
novum Verlag

Gedruckt in der Europäischen Union
auf umweltfreundlichem, chlor- und
säurefrei gebleichtem Papier.

www.novumverlag.com

*H*eimweh und Sehnsucht schmerzen. Deshalb half ich ab und zu meiner Seele und träumte uns beide in das Bilderbuchdorf unserer Kindheit und Jugend zurück. Ja, ich spreche gern mit meiner Seele. König David tat das auch, ich bin also in guter Gesellschaft. Er fragte sie: „Was betrübst du dich, meine Seele und bist so unruhig in mir?" (Altes Testament, Ps 42,6)

Die Kirchturmuhr schlägt gerade zwölfmal. „Mittagbrotzeit". Eine leer gefegte Freistraße breitet sich vor mir aus. High Noon. So war es auch in früheren Zeiten.

Helle Sonnenstrahlen tanzen auf alten blassrosa Dächern. Verschlissene Häusergiebel reihen sich nebeneinander anlehnend zu einem samtig verblichenen Vorhang wie bei einem Bühnenbild. Ein freundlicher Willkommensgruß für mich, Charlotte. Ich bin so lange nicht mehr hier gewesen, hier in Rosendorf.

Vor meinen Füßen schlängelt sich der schmale Bach entlang der verfallenen Schlossmauer. Dicke Steine liegen auf seinem Grund. In ihm wäre Uli, als er vier Jahre alt war, fast ertrunken. Ich schlendere weiter. Auf den mittelalterlichen Pflastersteinen komme ich schon mal ins Stolpern. Hier sind wir Kinder im Winter mit dem Schlitten lang gehoppelt, statt gerutscht. Ich erinnere mich an diese Winter. Diese Winter hatten immer viel Schnee für hitzige Schneeballschlachten und klirrende Kälte mit zugefrorenen Teichen zum Schlittschuhlaufen und auch Einbrechen.

Jeden Herbst gab es Mengen von Kastanien und Eicheln. Unsere Eltern fegten hohe Laubberge zusammen und wir Kinder und Jugendlichen sprangen hinein und rissen sie wieder auseinander. Eine liebe Tante meiner Familie spazierte zu Ostern mit uns die Waldwege entlang. Wir fanden am Wegesrand bunte Ostereier (die vorher versteckt wurden) und die Tante rezitierte „Goethes Osterspaziergang" aus vollem Herzen. Und wir kicherten. Es blühten lilablaue Veilchen am Weg und Himmelschlüsselchen leuchteten hellgelb in den anliegenden Wiesen. Ein Bilderbuchdorf, ein Bestseller.

Doch in dieser heilen Natur gab es wenig bezahlte Arbeitsplätze und so zogen wir dann, nach einem wunderschönen Sommer, in die Stadt: meine Eltern, Uli und ich. Ein schmerzlicher Verlust für mich.

Ich bin nun am „Berliner Platz" angekommen. Zwei hohe Linden wachen immer noch vor dem jetzt verlassenen Eingang zur kleinen Kneipe. An Abenden, wenn das Wetter es gut mit uns meinte, versammelten wir Jugendlichen uns hier. Ein ganz bestimmter Pfiff auf zwei Fingern rief uns alle zum Treffen. Dann teilten wir uns auf, um Räuber und Gendarmen zu spielen. Beim achten Schlag der Kirchturmuhr hieß es: „Das Spiel ist aus", ganz egal, welche Gruppe gerade dem Sieg nahestand. Ich probiere den Pfiff auf zwei Fingern, es gelingt mir nicht. Vorbei.

Links neben der Kneipe läuft die Kantstraße ihrem Ende entgegen. Sie mündet an der Ecke in die Goethestraße. Genau dort, dort steht das kleine weiße Haus mit den bunten Blumenkästen. Sie sind mit Geranien bepflanzt wie zu jener Zeit. Ich sehe von hier aus das dunkle Holztor zum Hof, braun und groß – geschlossen.

In diesem Haus wohnte jener Eine und Besondere. Unter all den Jungen im Dorf war er der Eine, den alle Mädchen verehrten: Groß gewachsen, 18 Jahre jung, schon mit breiten Schultern, schlanke Figur, blaue Augen, ein ganz wenig, wirklich nur ein ganz wenig gelockte Haarspitzen, etwas länger, als die anderen Jungen die Haare trugen. Einfach hinreißend. Er war intelligent, stand kurz vor dem Abitur, hatte gute Manieren, mit einer unwiderstehlichen Anziehungskraft. Was soll ich noch mehr sagen, ich musste mich in Fritz verlieben, in ihn, meine große und einzige Liebe.

Und ich hatte so ein Glück. Mich hat er ausgewählt aus uns albernen kichernden Mädchen. Ich ging mit ihm des Nachmittags spazieren, auf den langen Wegen im Schlosspark, auf den sandigen Sommerwegen hinter der Gärtnerei entlang und zum

Schwimmen in die Badeanstalt, weit raus aus dem Dorf. Ich saß beim Ritterspiel auf seinen Schultern und die anderen Mädchen schauten sehnsüchtig herüber. „Na, mein Dirn", sagte meine Liebe zu mir und ich merkte, ich schmolz dahin. Ich war ihm wichtig, dachte ich und es konnte gar nicht anders sein.

Erinnerungen

Weit vom Dorfgeschehen entfernt, über den geheimnisvollen und dunklen, mit mächtigen Eichen bewaldeten Eiskuhlenberg hinweg, waren die Schrebergärten der Dorfbewohner angelegt. Keiner weiß genau, was am Eiskuhlenberg geschehen ist, aber in den Köpfen der Dorfbewohner spuken gefährliche Geschichten wie Mord und Totschlag. Die Erwachsenen zogen ihre Gesichter stets in einen rätselhaften Ausdruck und hoben ihre Augenbrauen hoch, wenn von diesem Ort die Rede war.

Der Weg dorthin war bei uns Jugendlichen sehr beliebt und auch gleichzeitig unheimlich und furchterregend. Wir erwarteten immer und trotz alledem hoffnungsvoll irgendein mysteriöses Geschehen. Hinter jedem Geräusch vermuteten wir Geister und Unheil. Wichtig war auch gleichzeitig, dass die Erwachsenen keinen „Zugriff" auf uns hatten, zum Beispiel beim Klauen der Äpfel oder „Kirschen aus Nachbars Garten" pflücken, die bekanntlich so süß schmeckten, und auch Möhren gab es hier zu ernten. Das waren besonders kreative Taten in unserem Sinn, die sich äußerster Beliebtheit und großem und lauten Zurufen erfreuten.

In unserem Garten, den wir uns mit der Mutter, bei allen Jugendlichen als Tante Louise bekannt und geliebt, meiner „großen Liebe" teilten, gab es eine Johannisbeeren-Plantage mit roten, schwarzen und gelben Beerensträuchern. Besonders die schwarzen Beeren, deren Ernte schon Anfang Juli begann, hatten es den Erwachsenen sehr angetan, um Liköre köstlicher Geschmacksrichtungen herzustellen. „Meine Liebe" und ich bekamen gelegentlich die Aufgabe, Johannisbeeren zu pflücken. Bei den meisten Jugendlichen war diese Arbeit unterstes Niveau, nicht so für uns.

Fritz, so hieß meine „große Liebe", und ich, wir beide bummelten den Weg hinauf. Ich liebte es, Johannisbeeren zu pflücken, es war ein willkommenes Highlight des Tages.

So allein auf uns beide gestellt, sprachen wir freundlicher miteinander als in einer Gruppe und ließen uns sehr viel Zeit, den Garten zu erreichen. Mir erschien der Weg zum Garten leicht und rosig. Ich fühlte mich – so wie man gern sagt – im siebten Himmel und auf einer dieser glücklichen Wolken. Fritz hatte ein Lächeln um die Augen und wir strahlten uns gegenseitig lange Momente an. Ich bin sicher, es handelte sich um diesen berühmten Ausnahmezustand des Gehirns. Wir berührten uns gar nicht, nur unsere Augen sprachen miteinander. Diese Zuneigung kam sehr rücksichtsvoll und leise daher. Zwischen uns entstand eine Verbindung auf ganz besondere Weise. Bestimmt von diesen verrückten Hormonen gesteuert, denke ich. Es kribbelte in meinem Körper und fühlte sich unbeschreiblich wohltuend an. Wie ein Rausch in Samt und Seide und miteinander Fühlen und einander Wertschätzen.

Diese wunderbare Atmosphäre und das glückliche Toben in der Badeanstalt malte ich in mein Fenster der Erinnerung und träumte es mit offenen Augen, weit entfernt vom Dorf meiner „Liebe", so oft meine Seele danach verlangte. Ich durchlebte diese vergangene Zeit in meinem Zimmer, in dem in nun wohnte, wieder und wieder. „Na, mein Dirn", dieser, sein Satz und sein lächelndes Gesicht klangen in mir noch lange nach und schmeichelten mir, sogar bis heute noch, hier in der Freistraße. In meinen Tagträumen wiederholte ich die Spaziergänge und erlebte dabei ein ganz intensives Gefühl von Verliebtsein, das von körperlichen Symptomen wie Kribbeln und Hitze begleitet wurde. Wenn ich dann abends im Bett die Augen schloss, an ihn dachte, ihn mir vorstellte, geriet mein Zimmer in Brand. Orangerote Flammen tanzten vor meinen Augen und mein Herz und meine Seele verbrannten sich beim Tanzen mit der „Liebe meines Lebens".

Während des Träumens empfand ich ein wohliges Glücksgefühl, das höchst wahrscheinlich auf eine vermehrte Ausschüttung der Botenstoffe Dopamin und Serotonin zurück zu führen war. Dieses Hochgefühl hielt, von Pausen unterbrochen, denn jede andere Beziehung mit Männern scheiterte, mehrere Jahre an. Auch im Alltag, also nicht nur sonntags, kam die Erinnerung.

Hier, in diesem Haus, vor dem ich jetzt seitlich stehe, hat meine „einzige Liebe" gewohnt. Mein Hals ist ganz trocken und ich atme tief ein. Die Fenster sind, so wie vor 15 Jahren, mit hellen Gardinen dekoriert. Es bewegt sich nichts an den Vorhängen, um vielleicht festzustellen, wer hier draußen mit gemischten Gefühlen wartet. Wartet, worauf?

Natürlich hätte ich mich für ein anderes Dorf entscheiden können. Aber irgendetwas in mir hat sich hartnäckig auf das Dorf meiner Träume festgebissen. Für dieses Projekt „Unser Dorf soll wieder lebendig werden", das die EU ausgeschrieben hatte, gab es noch mehrere Interessenten von anderen Dörfern. Die Überzeugung, dass meine Entscheidung intuitiv richtig war, ließ in mir kribbelnde Euphorie hoch und höher steigen. So in der Art: Vielleicht treffe ich meine Liebe. Nun ja, dachte ich, es heißt doch: Wunder gibt es immer wieder.

Feine Stiche kriechen jetzt meinen Hals hoch. Hoffnung und Enttäuschung breiten sich in mir aus. Ich senke meinen Kopf nach unten und betrachte meine Schuhspitzen. Resigniert. Ein seltsames Gefühl, das ich nicht so richtig beschreiben kann, steigt in mir hoch. Es schmerzt ein bisschen. Was wollte ich hier eigentlich vor diesem Haus – nach all den Jahren, ohne jeden Kontakt?

Ich hatte einmal einen Brief an meine Liebe geschrieben, irgendwann. Aber die Erwartungshaltung, die ich damit verband, erfüllte sich leider nicht. Es gab keine Antwort.

Und nun hatte ich wirklich angenommen, dass meine „einzige Liebe" jetzt aus diesem Haus herauskommt und sich freut, mich nach so langer Zeit wieder zu sehen, war ich so naiv? Ich finde mich ziemlich albern.

Es ist besser, auf Vorwürfe zu verzichten, und mich mit mir selbst verzeihend zu einigen und zu denken, was für ein wunderbarer Tag es ist, wieder im Dorf meiner Kindheit und Jugend zu sein. Meine Sightseeingtour ist ja auch noch nicht beendet. Ganz tief mit meinem Gefühlswirrwar beschäftigt, bin ich im Schlosspark angekommen und setze mich auf eine von den wenigen alten Holzbänken. Diese hier, unter der großen Eiche, ist auch ausgerechnet unsere Bank: grün bemoost, verfallen, renovierungsbedürftig. Ich setze mich vorsichtig auf die losen Bretter und meine innere Stimme meldet sich unüberhörbar: *Mal abwarten, was das Schicksal vorbereitet hat.*

Ich schaue auf mein Smartphone – natürlich bin ich digital unterwegs – und frage Herrn Google, was das Wort „Schicksal" eigentlich bedeutet. Er sagt, dass Schicksal eine höhere Macht sei, welche die Zukunft der/eines Menschen beliebig beeinflusst und lenkt.

Gut, das glaube und denke ich ab jetzt, das erhebe ich zu meinem Mantra. Weil Gedanken real werden, das sagt die eine, bestimmte Wissenschaft. Nur gegen „beliebig" habe ich etwas einzuwenden. Und unter „beliebig" finde ich das Folgende: „Zum Beispiel Kartoffelsuppen gehen immer. Sie sind schnell zubereitet, schmecken gut und können beliebig ergänzt werden."

Das gefällt mir, das passt. Die höhere Macht, die dabei mitspielt, brauche ich ganz besonders dringend und die beliebige Ergänzung für meine Kartoffelsuppe ist meine „große Liebe", das ist nun eine beschlossene, fixe Idee.

Der Bäcker

Apropos Kartoffelsuppe: Heute Abend entscheide ich mich für Spaghetti mit selbstgemachter Tomatensoße und ein Glas Rotwein. Deshalb gehe ich noch einen Schlenker in den einzigen Supermarkt am Rande von Rosendorf. Ich kann mir ein köstliches Abendessen als Tagesabschluss gut vorstellen. Da stößt mich jemand an. „Genauso geht es in dieser Werbung zu", sage ich, „zwei stoßen versehentlich zusammen, die Einkaufstüte der Frau fällt auf den Boden. Alle Lebensmittel rollen durcheinander. Ein netter, gutaussehender, junger Mann bückt sich, um die Dinge einzusammeln und beide lächeln sich an." Und wirklich, der gutaussehende, junge Mann lächelt verhalten, er hält einen Kaffeebecher in der Hand und sagt: „Ich kenne diesen Spot, ich kann Sie aber jetzt nicht zum Kaffee einladen, weil wir diese Lokalität noch nicht im Dorf haben. Aber ich weiß, demnächst soll es so etwas wie ein kleines Café geben, daran glaube ich erstmal nicht, doch wenn es klappt, dann komme ich auf die Einladung zurück." *Ja,* denke ich, *da komme ich gern.* Und schon rauscht er ab, weil er es sehr eilig hat, sagt er genervt.

Ein Weißbrot noch dazu zum Abendessen, das rundet die Mahlzeit ab und ich husche zum Bäcker in der Schlosssstraße und verfalle in nostalgisches Empfinden. Bei diesem einzigen Bäcker des Dorfes darf der Kunde auch durch die alte Scheune in den Laden eintreten. Der Weg durch die alte Scheune ist – genau wie vor ewiger Zeit – mit Stroh ausgelegt, das riecht noch nach Sommer und erweckt große Freude in meiner Seele. Sommergelbes Stroh, sauber hingeschüttet. Zielstrebig gehe ich an der Backstube vorbei, deren Tür wie früher offensteht und hinein husche ich in den kleinen Laden mit sicherem Schritt. Ich kenne mich gut aus. Hier ist die Zeit stehen geblieben. Dunkle Holzbretter hängen als Regale an der Wand und frisches Brot bietet sich darauf an, auch das geliebte Weißbrot präsentiert sich leuchtend gelb daneben. Der junge Bäcker, den ich nicht kenne, reicht mir das glänzende, helle Weißbrot und ich sauge diesen frischen Duft des Brotes mit geschlossenen Augen tief ein. „Das ist ganz ungewöhnlich", sagt der junge blonde Bäcker, „dass jemand den Duft wahrnimmt." Ich merke, wie ich rot werde. „Das riecht so gut wie es schmeckt und erinnert mich an gute Zeiten", sage ich. Und der junge blonde Bäcker nickt: „Schön, dass sie das wertschätzen."

Ganz und gar mit mir zufrieden, gehe ich in die „Puddingschule", meine neue Unterkunft für die Zeit des Projektes. Dieses alte rote Backsteingebäude wurde mit den Mitteln der EU umgebaut. Es beherbergt eine hübsche Wohnung mit Büro für mich und zehn kleine Appartements, die keinen Wunsch offenlassen, für die Teilnehmerinnen, die ihren Abschluss in ihrem jeweiligen Aufgabenbereich machen wollen.

Die sogenannte frühere „Puddingschule" liegt in der Schlossstraße, schräg gegenüber dem Haus, in dem einst meine „Liebe" wohnte. Meine neue Wohnung befindet sich im ersten Stock. Im Parterre liegen der große Plenumssaal, die neue Gemeinschaftsküche und die Appartements der Schülerinnen. Ein kleiner Garten umgibt die alte Schule seit Anfangszeiten. Dort können Gemüse und Kräuter angebaut werden, wenn man möchte.

Die Räumlichkeiten sind modern und hell gestaltet. Hier kann man sich für eine längere Zeit wohlfühlen. Auf jeden Fall bis zum Abschluss dieses angesagten Projektes „Unser Dorf soll wieder lebendig werden". Es wird eine Bereicherung für alle Beteiligten sein, eine große Chance, das Dorfleben zu verändern, ein Glücksfall eben.

So bin ich dazu gekommen.

Und es war Frühling

… und es war Frühling und ich war gerade dreißig und mir war so nach einem Sabbatjahr. Denn: Der Prediger Salomo sagt: „Ein jegliches hat seine Zeit; auch finden und wieder verlieren – und auch er drückt sich damit hoffnungsvoll aus. (Altes Testament, Pred.3,1, Luther Bibel)

Gut, dann finde ich mal eine Traumreise mit einem kleinen Schiff. So mit Frühbucher-Rabatt und Balkon vor der Kabine. Nicht so weit raus ins tiefe Meer soll es fahren. Schön an der Küste herum schippern. Doch ich spüre in mir, das ist es eigentlich gar nicht, was ich will. Trotzdem begebe ich mich ins Auskunftsbüro Internet und surfe mal wild durch die Neuigkeiten. Heute habe ich endlos Zeit, kein Druck ist auf mir, es wartet nicht mal eine Katze auf mich.

Ich sehne mich nach etwas anderem in meinem Leben, nach neuen großen Möglichkeiten. Etwas, was Menschen anspricht, etwas Motivierendes. Eine Vision, ein Traum, den man erfüllen kann, der ein Ziel hat. Vielleicht ein Schritt ins Außergewöhnliche. Mit Herz und Seele involviert sein, vielleicht sogar für etwas Neues kämpfen. Einfach mal die Angst zu versagen, es nicht managen zu können, zu ignorieren. Ich habe doch kreative Dinge schon erlebt. In meiner Freizeit zum Beispiel habe ich Seniorinnen im Tanzen trainiert, eine Laienspielgruppe gegründet und Theaterstücke selbst geschrieben. Große Auftritte habe ich für den Line-Dance und das Theater arrangiert, mit Erfolg für alle Mitwirkende. Aber die Menschen, die ich angeleitet habe, sind zum Tanzen gekommen, weil sie Zeit hatten, sich bewegen und ein bisschen tratschen wollten. Es fehlte ein Funke, ein Funke des wirklichen Erlebens. Einmal aus sich herausgehen, einmal mit allen Sinnen den Moment erleben, sich einsetzen mit Haut und Haaren für die Gemeinschaft zum Beispiel und für einander. An dieser Stelle sollte ich ehrlicher zu mir sein, das wäre jetzt angebracht. Eine Gabe ist ein Geschenk. Bei mir war es der ausgeprägte Fall, dass ich Menschen gut und mit Spaß und Freude zu Dingen anleiten konnte. Das Training war immer aufgelockert. Ohne Stress und Verbissenheit haben wir die Stunden zusammen geübt. Ich kann die Menschen motivieren, sie zum Lachen bringen, sie loben und dazu bewegen, dass sie Spaß an der augenblicklichen Sache haben. Ja gut und was war nun mein Fehler: Ich hatte Erwartungshaltungen persönlicher Art an die Mitstreiterinnen. Ich wollte eine von ihnen für mich gewinnen, immerfort Lob und goldene Sternchen einsammeln. Ich habe die Gruppen stets von ganzem Herzen trainiert. Aber es schlich sich bei mir Frust und Nörgelei ein, weil ich mit meinen Erwartungshaltungen keinen Erfolg hatte. Es waren nicht die gleichen Haltungen, die die Gruppe für sich wortlos entschieden hatte. Wir waren zwei verschiedene Paar Schuhe. Es gab dann auch den gelben Neid zu ertragen, so in manchen Gruppen. Außerdem wollten sich einige Teilnehmerinnen nur bewegen, tanzen und ab und zu einen „Tee" trinken. Sie hatten alle ihre Familien next door. Und ich wollte darüber hinaus eventuell Freundschaften schließen. Erwartungen, die sich überhaupt nicht einstellen, machen krank in irgendeiner Weise. Man hätte vielleicht miteinander sprechen können. Aber singt nicht auch schon die Knef: Der Mensch an sich ist feige und schämt sich für sein Gefühl…

Ich will nicht mehr jeden Morgen Punkt sieben Uhr aufstehen, mich für ein Müsli oder lieber ein ungesundes Weizenbrötchen entscheiden, dann irgendwann ins Büro durch den Stau hindurch fahren. Alle netten Kollegen nach dem neuesten Trend begrüßen „Hey", „Was geht", „See you later, alligator", oder was gerade angesagt ist. Danach meine Arbeit erledigen und in der Kantine zu Mittag essen. Bis spät abends am Rechner sitzen. Mich später zu Hause auf die Couch knallen, Schokolade vernichten, mein Rücken killt mich jeden Abend. Ich schlafe schlecht und das war es dann??

Ja, und hier, was für ein Moment, es haben gerade all meine Schutzengel mich erhört: Ich werde gesucht! Da steht es schwarz auf weiß, hier auf der Seite im Internet, auf der ich gerade zu Besuch bin: „Das außergewöhnliche Angebot für Menschen, die sich trauen: Wir suchen eine/n Event-Manager/in mit außergewöhnlichen, innovativen Ideen, um ein Dorf wieder zum Leben zu erwecken."

Das ist es, das hört sich gut an, das passt, das krieg ich hin, das ist ganz mein Ding. Ich höre nicht auf meinen Drachen der Angst, ich überschreite jetzt meine Grenzen. Ich schmore nicht mehr in Fantasien und bleibe darin gefangen, ich packe es an. Es geht um ein ganzes Dorf! Es geht um ein neues Leben mit einem großen „L".

Ich stoße auf ein super tolles Angebot, auf ein ausgeschriebenes „nachhaltiges", also auf lange Sicht dauerhaftes Projekt. Es wird aus Mitteln der EU gefördert. Dörfer, die abseits der Städte liegen und in früheren Zeiten ein lebendiges Wirtschaftsleben geführt haben, können sich bewerben, wiederaufleben und ihre Situation verändern. Es geht hier nicht um traditionelle Fachwerkhäuser und glückliche Hühner. Diese Idylle bröckelt schon lange. Die kleinen Dörfer verwaisen und vergreisen. Doch die Sehnsucht nach dem Land kommt wieder in den Fokus. Menschen wollen aber nicht nur in Dorf-Nostalgie schwelgen, sondern die Dörfer müssen für Jung und Alt attraktiv gestaltet werden. Sie sollen durch Innovationen wieder in das Leben zurückgeholt werden und neue Perspektiven anbieten. Natürlich außerhalb der Zeitschriftenromantik, tatkräftige Erneuerungen müssen es sein, die zum Überleben beitragen.

Die Dörfer selbst müssen bestimmte Kriterien erfüllen, um den Zuschlag zu bekommen. Und hier ist vor allen Dingen das Handwerk gefragt, von dem man sagt, dass es goldenen Boden hat, also das neue Wort „nachhaltig" sowieso im Kontext führt. Es gibt doch sein ursprüngliches und grundlegendes Wissen immer weiter.

Rosendorf, lese ich, hat sich auch beworben und ist ausgewählt worden. Es war schon in früheren Jahren zu Kaisers Zeiten (Kaiser Wilhelm, 1890–1914) ein wichtiger Umschlagplatz für Produkte aus dem handwerklichen oder agrarwirtschaftlichen

Sektor, ein sogenannter Marktflecken. Rosendorf war eine lokal bedeutende Ansiedlung mit dem Recht, einen ständigen Markt abzuhalten. So haben sich Tischler, Förster, Gärtner, Metzger, Bäcker, Schneider, Kaufleute, Schlosser, eine kleine Kneipe, ein Schloss, eine Schule, ein Kindergarten, eine Molkerei angesiedelt. Irgendwann kam noch ein Bahnhof dazu, der jetzt stillgelegt ist, wie fast alle anderen Einrichtungen. Natürlich gab es auch den typischen Dorfschulzen und einen Nachtwächter, die aber in unserer Zeit arbeitslos geworden sind, außer vielleicht der Dorfschulze. Neuigkeiten kann man immer gern verbreiten. Die Gelder, die für die Verbesserung der Lebensqualität im Dorf gebraucht werden, kommen aus dem Europäischen Fonds für regionale Entwicklung und werden sofort bereitgestellt.

Der Bürgermeister, die Gemeindevertreter, Finanzberater, Wirtschaftsexperten und Anwälte, Politik und Wirtschaft wurden zu Gesprächen zusammengeführt und nun suchen sie mich, um diese hervorragende Idee umzusetzen, und ich bin bereit, habe alle Voraussetzungen und genügend Praxiserfahrung und top Referenzen. Und einen großen Vorteil: Ich kenne das Dorf.

Heute, 18.30 Uhr, ist die erste Präsentation. Die kleine Kneipe hat sich dürftig dafür hergerichtet. Die Tische sind in dem einen Raum zu einem „U" zusammengestellt und in dem kleineren Raum gibt es noch einen runden Tisch mit Stühlen darum herum. *Sehr komische Anordnung,* denke ich und merke, wie es im Raum nach Verlassenheit mufft. Ich stelle mein Equipment in dem größeren Raum zurecht und bin erleichtert, als der Bürgermeister zur Tür hereinkommt, die er offenstehen lässt. Vielleicht helfen die frische Luft und das wenige Licht, das hereinfällt, die Atmosphäre heller und einladender wirken zu lassen. Guido vertritt das Dorf, er ist ein bodenständiger Bürgermeister, das sagt er von sich selbst. Er trägt ein schwarzes Hemd, hat dunkelblondes Haar, eine kleine runde Brille auf der Nase, keinen Bauch, er ist ein ganz moderner Typ. Er sagt, er stehe ganz und gar hinter mir, was das Projekt betrifft. Jede Hilfe, die ich brauche, will er mir geben. Jede.

Allmählich kommen die Herren Meister, einige junge Leute, vielleicht die Söhne und weitere Vertreter des Handwerks aus der kleinen Gemeinde. Rosendorf hat 3.450 Einwohner. Blicke, die ich nicht deuten kann, gleiten zu mir herüber. Sie lassen nicht erkennen, wie die Männer eingestellt sind. Es kommt kein Funke zu mir herüber. Eines weiß ich sofort: Theorie wird hier nicht gebraucht. Ich muss gleich beim Einstieg praktisch werden, auf den Putz hauen. *Eine Frau*, scheinen sie zu denken, *na, gute Nacht.*

Da sehe ich doch den „Kaffeebecher to go", freue mich innerlich und nehme gleich mal Blickkontakt zu ihm auf. Das gibt mir ein gutes Gefühl. Er lächelt wiedererkennend zu mir herüber, sehr sympathisch. Nun wird die Kneipentür von einem jungen Mann geschlossen. Es ist „mein Bäcker". Was für ein Segen. Mit dem Bäckerhandwerk werde ich beginnen. Ich nicke ihm zu und jetzt beziehe ich ihn gleich in meine Präsentation mit ein. Alle Anwesenden wissen doch, warum sie jetzt hier sitzen und eine bestimmte Erwartungshaltung haben. So entscheide ich mich spontan nur für eine sehr freundliche Begrüßung.

„Herr Müller", spreche ich ihn an. Den Namen weiß ich und das nützt mir jetzt richtig viel, ich war ja neulich in der Bäckerei. „Lassen Sie uns doch bitte mal eine Bestandsaufnahme machen, welche Produkte sie täglich in ihrer Backstube herstellen." Alle sind verblüfft, auch Herr Müller. Er bläst die Wangen auf, schüttelt den Kopf und schaut sich in der Runde um. „Was soll denn das?"

„Ja, das weiß hier jeder", sagt er, „verschiedene Sorten Brot und zwei verschiedene Sorten Brötchen. Ganz wie unsere Kunden das wünschen, mehr brauchen wir nicht, mehr wird nicht nachgefragt. Kuchen backen alle Frauen im Dorf selbst. Die Kunden, meist die Frauen, kommen früh am Morgen und dann ist im Geschäft Stillstand", ergänzt er. „Was halten Sie davon, ihr Angebot um eine Besonderheit zu erweitern? Das würde sich lohnen, es kommen viele Radfahrer durch das Dorf. Aber es gibt nichts, wofür sich mal ein Zwischenstopp lohnen würde. Vielleicht einen Kaffee zu trinken oder in ein nettes Gespräch mit einen von Ihnen zu kommen. Rosendorf ist immer eine Reise wert", sage ich und die Anwesenden grinsen alle, zu Recht. „Nun ja", versuche ich sie weiter zu provozieren, „das Dorf müsste lebendiger, attraktiver werden und die ganz alten Zeiten verlassen. Also nicht mehr nach dem Muster, das war schon immer so, da ändern wir nix, das bleibt auch so." Laustarkes Ablehnen, Stimmengewirr, Proteste, gegenseitiges Zuraunen: „Die hat doch keine Ahnung, wie eine Kuh beim Schlittschuhlaufen." Verschränkte Arme vor den Bäuchen einiger Männer.

So, aha, na Charlotte, dann mal los. „Doch", sage ich, „die hat Ahnung." Alle Köpfe der Männer drehen sich zu mir. Fragezeichen in den Gesichtern, offene Münder. Eine Frau hat Ahnung? Das ist neu, wenigstens hier im Dorf, weit ab vom Geschehen in der Welt.

„Die Krux ist, Veränderungen sind oft schmerzhaft, bringen Unsicherheiten mit sich, kosten Geld und brauchen großen Mut. Das Geld kann sich Rosendorf holen, deshalb sind Sie doch heute hierhergekommen, und den Mut müssen alle Bewohner des Dorfes aufbringen. Mehr ist das nicht. Also packen wir es an." Der „Kaffeebecher to go" schüttelt den Kopf. „Das wird nix", sagt er laut. Er ist gefährlich für dieses Unternehmen. „Vielleicht hilft eine kleine Pause, um den Kopf für Neues freizuschalten", sage ich und der Bürgermeister nickt. Die Wirtin Irene, die, wie sie sagt, in erstklassigen großen Hotels erste Kraft war, sieht ihre Chance und kommt mit dem Stift und dem Block. Bier und Wein und Wasser hat sie zur Auswahl.

Ich warte nicht, bis alle ausgetrunken haben, sondern wende mich wieder dem jungen Herrn Müller zu und frage ihn, ob er sich vorstellen könnte, „Tante Annemaries Schuhsohlen" als Erweiterung seines Sortiments zu backen. Bei „Tante Annemaries Schuhsohlen" wissen alle Anwesenden Bescheid und es gibt wieder ein Gemurmel. Jeder kennt Tante Annemarie und natürlich ihre köstlichen Schuhsohlen. Ich erkläre zusätzlich, dass dieses Angebot vielleicht erst mal nur an einem bestimmten Tag in der Woche angeboten werden könnte. „Das ist doch viel zu einfach", sagt der „Kaffeebecher to go". (Was habe ich dem bloß getan?). „Genau das ist es", sage ich, „einfach, aber sensationell.

Mit dem beginnen, was gut und erprobt ist und es dann erweitern. Darum geht es. Die Gier kommt später von allein."

„Wir wollen einen Anreiz schaffen, etwas Neues anbieten, was die Frauen nicht in ihrem Programm haben." „Ich geh doch nicht extra zum Bäcker, um Schuhsohlen zu kaufen", sagt der „Kaffeebecher to go". Alle Männer stimmen zu und nicken. „Wer in ihrer Familie geht denn zum Bäcker?", frage ich. Zögern. Keiner antwortet. Ich bleibe am Thema. „Ich könnte mir vorstellen, dass die Mundpropaganda zu Hilfe kommt, wie etwa: Bei Bäcker Müller gibt's jetzt Schuhsohlen." Großes Gelächter erfüllt die Gaststube. Na ja, ich bin mit ihnen einer Meinung. Das ist schon ein bisschen wie im Kindergarten. Keiner der Anwesenden leistet einen produktiven Beitrag, keiner sagt irgendwie „Piep". Sie haben sich doch das Schlaraffenland und große Wunder vorgestellt.

Da wagt sich der junge Herr Müller vor und gibt zu bedenken: „Wenn man das Rezept der berühmten Schuhsohlen hätte, wäre es ein Versuch wert. Das ist eigentlich eine gute Idee, wenn auch zusätzlich arbeitsintensiv." (Also doch Schlaraffenland) „Das würde meine Bäckerei vom Arbeitsablauf völlig umgestalten. Ich hätte da schon ein paar Vorschläge und es ist ja auch eine zusätzliche Einnahmequelle. Wenngleich eine sehr geringe, aber doch eine willkommene Abwechselung."

„Und das ist noch nicht alles", nehme ich den Faden auf, um das Interesse wieder ein wenig zu schüren und ein bisschen Feuer in die Glut zu pusten. Natürlich weiß ich, dass ich jetzt die Katze aus dem Sack lasse. Daher mache ich eine lange Kunstpause. „Die braunen Regalbretter im Laden könnten durch weiße ersetzt werden. Vielleicht gibt es noch ein paar andere dekorative Änderungen. Die alte Tür vor der Backstube zum Beispiel könnte durch eine große Sicherheitsglasscheibe ersetzt werden. So kann man in die Backstube einsehen und die Arbeitsvorabläufe wunderbar beobachten. Es fällt auch viel mehr Licht in die Backstube. In der Scheune liegt – wie auch jetzt – frisches gelbes Stroh und zwei, drei Tischchen und Stühle stehen dann dort zum Verweilen, um vielleicht sogar „Schuhsohlen" und Kaffee zu genießen. Es wird eine kleine Idylle geschaffen, ein Radfahrer-Stopp und für Leute, die Zeit haben, gibt es einen Kaffee im Vorübergehen. Hier kann man sich kurz treffen", nicke ich dem „Kaffeebecher" zu, „sich einen guten Tag wünschen, usw. Bei Bäcker Müller entsteht Lebendigkeit im „Stroh", das ist im Umkreis einzigartig." Und vielleicht auch ein bisschen exotisch. Nun nickt auch der „Kaffeebecher" mit seinem sympathischen Lächeln. „Er ist der Förster", sagt leise der Bürgermeister zu mir. „Aha", denke ich, „vielleicht hatte er Angst, ohne Zuwendungen zu bleiben." Den Förster kenne ich auch von früher, aber ich merke, er hat keine Ahnung, wer ich bin. Das ist gut so. Doch dann sagt er noch: „Was das wohl kostet und wer soll das denn bezahlen?" „Genau, das kostet", sage ich und finde diesen Einwurf richtig hilfreich. Ich schaue mich ruhig und siegessicher in der Runde um, damit der nächste Satz Platz hat und großes Gewicht bekommt. „Ja, das kostet", wiederhole ich „und die Mittel, die gebraucht werden, wohlgemerkt, die für die Innovation gebraucht und nachgewiesen werden, stellt die EU für dieses Projekt zur Verfügung. Ich nenne noch einmal für alle laut und deutlich den Titel: ‚Unser Dorf soll wieder lebendig werden'."

Keiner sagt etwas. Stille kriecht durch die Gaststätte. Die Männer lehnen sich ein wenig zurück. *Entweder habe ich jetzt einen Anfang geschaffen oder ich kann meine Sachen packen und wieder in mein altes Leben zurückfahren*, denke ich.

Der junge Bäcker wagt sich vor: „Wenn man das Rezept der berühmten Schuhsohlen hätte, wäre es einen Versuch wert."

Ich greife in seine Überlegungen ein und stelle allen vor, wie das Projekt nun gelingen könnte. „Was ich jetzt erkläre", sage ich, „wird für jeden Handwerksbetrieb erarbeitet und jeder bekommt die finanzielle Unterstützung für seine Innovationen, die er braucht und nachweisen kann. Das Marketing und Ausarbeiten übernimmt für jeden Betrieb eine Schülerin von mir, die damit ihren Abschluss als Eventmanagerin macht. Es ist ein sechsmonatiges Praktikum, das sie bestehen muss. Sie hat ihren Bachelor schon im Gepäck und hat sich für ein Berufsleben im ländlichen Bereich entschieden. Die Schülerin bleibt stets an der

Seite des Meisters, der sich auskennt und erarbeitet mit ihm die beste Strategie für das Dorf und für die Zusammenarbeit mit den umliegenden Dörfern. Im August soll es dann einen Sommermarkt hier am Berliner Platz geben. Alle Betriebe errichten einen Stand und verkaufen die neuen zusätzlichen Angebote. Flyer und Plakate werden erstellt, um die Veranstaltung publik zu machen, um einzuladen, um miteinander zu feiern, sich zu begegnen und auszutauschen. Es wird zu einem Miteinander der Betriebe kommen und eventuell später auch eine Möglichkeit geben, mit den besonderen Produkten ins Internet zu gehen. Einige Vorschläge für die Erneuerung des Lebens im Dorf kann ich noch kurz geben, um ihr Interesse zu wecken, die dann aber mit den Praktikantinnen und Ihnen ausgearbeitet werden. Der Tischler stellt unter anderem mal, sagen wir, Stelzen her, die er ganz modern künstlerisch bemalt, und schreibt einen Wettbewerb im Stelzengehen aus, die Kneipe verändert ihr Äußeres und bietet zwei oder drei ganz köstliche Suppen oder Essen an, Samt und Seide und neue Weine, der Förster lädt zu Wanderungen usw. ein. Wir haben viele Ideen zur Anregung, zum lebendigen Dorfleben, zum Austausch. Das ist nur ein klitzekleiner Hinweis auf das neue, attraktive Miteinander. Irgendwann kommt die Infrastruktur dazu und eventuell ein achtsamer Tourismus für Naturfreunde und Radfahrer. Jeder Betrieb bekommt ein neues Gesicht und es wird Austausch und Freude entstehen." Alle lächeln.

Es liegt immer noch ein breiter Teppich des Schweigens über den Köpfen der Männer. Sie nippen noch einmal an ihren Gläsern mit Bier oder Wein. Gut Ding will Weile haben, heißt es doch. Aber ich verstehe die Stille nicht und weiß auch nicht, was sie bedeuten soll. „Das Projekt setzt an Ihren handwerklichen Erfahrungen an", spreche ich laut in den Raum. „Es gibt keinen Wettbewerb der Ideen. Nein, es soll eine gemeinsame Sache des Dorfes werden, gemeinsam für etwas brennen. Jeder Betrieb bringt seine eigenen Talente ein und schätzt die Arbeiten seines Nachbarn wert. Sie können alle miteinander etwas Lebendiges aufbauen, sich eine neue Lebensqualität im Dorf erschaffen. Natürlich wird es eine langsame Veränderung der auch nicht so bequemen Dinge geben und Altes und Gewohntes wird man aufgeben müssen. Vielleicht scheitert das Projekt auch, wer weiß. Aber lohnt sich nicht ein Versuch? Sicherlich die Kalkulation muss stimmen. Dafür gibt es den Rechtsanwalt, der alles überwacht. Sie sind doch auch alle fit, das ist mit Sicherheit eine Tatsache. Wir wissen auch um die gefährlichen Eigenschaften wie Neid und anderen unangenehmen Verhaltensweisen, die mit so einem Projekt einhergehen können. Doch stellen Sie jetzt mal eine Bilanz auf. Wie war das Leben bisher hier im Dorf? Kann es durch das Projekt besser oder schlechter werden? Lohnt sich die Energie, die sie aufbringen müssen und das Einlassen auf Veränderungen? Lohnt sich das Zusammenarbeiten mit den anderen Betrieben? Lohnt es sich miteinander zu reden, sich auszutauschen, lebendig zu sein?"

„Tante Annemarie hat ihr Rezept nicht verraten, jetzt mal als Beispiel", bringt sich der Bäcker wieder in Erinnerung. Und jetzt kommt der Knaller. „Ich habe das besondere Rezept", sage ich. „Tante Annemarie war meine Tante." „Huch", lachen einige, das ist eine gute Überraschung, gibt's das wirklich und die Stimmung schlägt in richtiges Geschwätz unter Männern um.

„Tante Annemarie, also ich habe doch manchmal so ein Glück, danke dir", sage ich mit Blick nach oben. „Die Schuhsohlen sollen auch nur ein Beispiel sein, Herr Müller hat vielleicht eine andere Idee." Ich warte und lasse ihnen Zeit zur Besinnung. Die Männer lehnen sich zurück und nippen wieder an ihren Gläsern. Das halte ich jetzt aus, dieses Zögern, diese Stille, dieses Achselzucken, diese Ewigkeit des Schweigens. Für mich gibt es, wie schon vermutet, zwei Möglichkeiten: Entweder wollen die Männer das Neue oder ich muss gehen.

Da geht die Kneipentür auf. Fünf oder sechs Frauen betreten die kleine Kneipe und setzen sich an den runden Tisch nebenan. *Aha*, denke ich, *das war geplant – Und was wollen die Frauen?*

Was wollen die Frauen?

Mein Blick zu den Männern verrät mir, dass auch sie mit der Situation überfordert sind. Ich verspüre Ungeduld und Nervosität in mir aufbegehren und verziehe mein Gesicht zu Knitterfalten. Wer weiß, was jetzt geschieht! Erstmal passiert nicht viel. Irene ist wohl informiert worden.

Sie geht schnell mit Block und Bleistift an den Frauentisch und notiert die gefragten Wünsche. Alle Frauen verhalten sich ruhig. Kein Schwatzen oder Kichern tönt zu uns herüber. *Sehr ungewöhnlich*, denke ich. Die Männer sind nun ganz und gar abgelenkt und interessieren sich durch vorgebeugte Oberkörper und ausgestellte Ohren für das Geschehen nebenan.

„Lassen Sie uns auf den Punkt kommen", erhebe ich meine Stimme doch ziemlich energisch und erschrecke die Männer ein wenig. „Wie wollen Sie sich nun entscheiden? Sind Sie motiviert, wollen Sie den Sprung ins kalte Wasser wagen, wollen Sie professionelle Hilfe annehmen? Wollen Sie wieder Leben in ihr Dorf einbringen oder wollen Sie weiter den Weg des langsamen Sterbens Ihres Dorfes gehen?"

„Wir wollen wieder Leben im Dorf herstellen, wir bringen uns mit ein", ruft eine der Frauen zu uns herüber und kommt zu den Männern in den größeren Raum. „Das ist meine Frau", flüstert der Bürgermeister. „Ich bin Undine", sagt sie mehr zu mir gewandt als zu den Männern. Diese kennen sie sowieso und nicken. „Wir", sie zeigt auf die Frauen nebenan, „wir ergreifen die Initiative und machen uns selbstständig. Wir nehmen an dem Projekt teil." *Undine, tatsächlich, ich kenne Undine, sie ist also im Dorf geblieben*, nehme ich für mich zur Kenntnis.

Die Männer sind baff und lachen, was auch sonst.

Mir ist aufgefallen, dass es für Frauen gar keine Position in diesem Projekt gibt, die hat man schlicht und ergreifend vergessen. Selbst in dem Finanzplan ist nicht das Geringste von einer

Beteiligung der Frauen aufgeführt. Der „Kaffeebecher" schüttelt seinen Kopf: „Die Frauen können für die Schuhsohlen die Marmelade kochen", grinst er und unterstützt seine schicke Idee mit ausbreitenden Armen. *Denkste*, saust es durch meinen Kopf. Die Frauen sind meine Rettung. „Das ist eine ganz wunderbare Idee", nicke ich den Frauen zu, „herzlich willkommen in der Zukunft", sage ich unnatürlich theatralisch. „Ich komme dann gern mal an Ihren Tisch und wir erstellen einen Plan, der in das Projekt gut integriert werden kann." *Es wird dir schon etwas Geniales einfallen, auf deine schöpferischen Einfälle kannst du dich immer verlassen*, unterstützt mich meine innere Stimme.

In diesem Moment werden die Männer lebendig. Sie reden miteinander und nehmen ihre Hände und Arme zu Hilfe. Was bilden sich die Frauen ein? Es ging doch um sie, um die Männer des Dorfes, um das Handwerk. Den Frauen werden sie nicht die Entscheidung überlassen. Wo kommen wir denn da hin? Entscheidungen, die das Dorf betreffen, entscheiden immer noch die Männer hier in Rosendorf. So deute ich den lauten wortreichen Aufstand der Männer. Sie reden sich ihre Köpfe und Gesichter rot. Es dauert eine Zeit und ich warte. Eine peinliche Kunstpause entsteht. Was mache ich nun? Gehe ich zu den Frauen rüber? Nein, das bringt mir im Moment nicht die Erlösung. Ich brauche die Handwerksbetriebe, sprich die Männer, das ist nun mal eine Tatsache, unabdingbar.

Natürlich wundert es mich sehr, dass die anwesenden Meister samt Mitstreiter sich so unschlüssig verhalten. Sind sie nicht ausreichend informiert worden?

Doch, denn nun erhebt sich der Bürgermeister in seiner Gesamtgröße von 1.85 cm lächelnd und nickt mir zu. „Unsere Entscheidung und Zustimmung sind gefallen. Wir wagen uns mutig in die neue Chance. Das ist viel Arbeit für uns und das heißt auch: Die kleinsten und allerkleinsten Überlegungen müssen geklärt werden. Vor allen Dingen müssen die anfallenden Kosten abgesichert und kalkuliert werden. Dazu brauchen wir unseren Anwalt, der heute verhindert ist, was wir sehr bedauern. Vielleicht wären wir dann schon einen Schritt aus der Ungewissheit heraus."

„Danke für den Entschluss, jetzt haben wir alle den heutigen Tagesordnungspunkt glücklich überstanden. Ich beglückwünsche Sie zu Ihrer guten Wahl und ich erinnere Sie alle an morgen. Morgen werden wir die Einteilung und Zuordnung der Gruppen mit den ausgebildeten Assistentinnen und den jeweiligen Betrieben unternehmen", ergänze ich noch. Und schließe damit, dass sich die jungen Frauen freuen und gespannt sind, wie es weitergehen wird. Und da kommt auch schon Irene wieder mit Block und Bleistift angetänzelt und freut sich ebenfalls.

Der Rechtsanwalt

Guido, der Bürgermeister und ich einigen uns auf ein „Arbeits-Du", das irgendwann mühelos in ein „privates Du" übergehen wird. Auf dem Weg zum Rechtsanwalt gestehe ich ihm, dass eventuell das Beispiel mit den Schuhsohlen nicht so professionell gewählt war. „Ich wollte an ein Bild anknüpfen aus vergangenen Jahren. Zu Pfingsten stellte Tante Annemarie immer einen Tisch vor ihre Haustür und verteilte an die Mitwirkenden des Pfingstumzuges ihre köstlichen Schuhsohlen. Jede und Jeder hat sich darauf gefreut und somit wurde es immer wiederholt und ging als Tradition in die Geschichte des Dorfes ein."
„Es liegt nicht an den Schuhsohlen und auch nicht daran, dass diese eigentlich Seezungen heißen. Nein, der alte Bäcker Müller war in Tante Annemarie bis über beide Ohren verliebt. Sie hat ihn dann aber gegen einen feinen Herrn aus Berlin ausgetauscht. Der alte Müller will nichts mehr von Annemarie hören. Er ist rot wie eine Tomate geworden, als du deine Tante ins Spiel gebracht hast." Ich lächle verstehend. Ich erinnere mich an den vornehmen Sommergast. Es ist dann aber doch nichts aus der Liaison geworden. Die Tante wollte nicht nach Berlin und der Sommergast wollte nicht nach Rosendorf ziehen. Ein einziges Mal besuchte er noch meine Tante, der feine Herr, und danach betreute sie Onkel Friedrich.

„Unser Anwalt konnte gestern nicht an der Sitzung teilnehmen. Er hatte noch einen Termin in Berlin. Dort gehört ihm eine berühmte Kanzlei, außerdem hat er eine kleine Gastprofessur an der Jurafakultät. Als wir ihm aber von diesem Pilotprojekt erzählten, nahm er sich eine Auszeit, um für sein Dorf zur Verfügung zu stehen. Er ist ein top Anwalt, der Beste, ein Star in Berlin für sein Fach und er ist in Rosendorf geboren", sagt Guido. „Also dann brauchen wir uns keine Sorgen zu machen", bestätige ich die kurze Biographie. Und Guido ergänzt noch und schaut mich fast entschuldigend an: „Mit Frauen kann er nicht so gut umgehen. Salopp gesagt, mit Frauen hat er nichts am Hut! Aber das kriegst du schon hin, das wird kein Problem sein."

Guido öffnet die Tür zum vorläufigen Büro des Star-Anwaltes, der am Schreibtisch sitzt, und mich trifft unvorbereitet ein heftiger Blitzschlag. Es ist Fritz, der dort sitzt, meine „große Liebe". Der Blitz fährt aus mir raus und schlägt bei Fritz ein, mal bildlich gesprochen. Und er sitzt jetzt auf dem Stuhl, wie von diesem Blitz erschlagen, fährt sich mit der Hand durch die Haare und reagiert sofort sehr heftig und laut. „Ich habe jetzt keine Zeit, kommt ein anderes Mal wieder!", rettet er sich halb verbrannt vom zischenden Blitz und dreht sich um, schaut aus dem Fenster.

Das hätte ich nie gedacht, dass wir uns so begegnen, sagt mein Herz und verfällt auf der Stelle in ein „Broken-Heart-Syndrom" mit erdrückender Luftnot.

„Hier ist meine Karte", höre ich mich sagen, „ruf mich bitte an, wenn du Zeit hast." Und dann gehe ich zur Tür, wackelig, bloß nicht umknicken, Rücken gerade halten, Kopf hoch, die Tür geräuschlos schließen, ganz, ganz leise, nicht knallen. Auf der Straße sage ich zu Guido: „Ich brauche jetzt alles, Schwarzwälder Kirschtorte mit Sahne, vier Flaschen Eierlikör, ein Wellness Bad, Schokopudding, drei Eisbecher mit Kirschen und Wodka und dann, dann falle ich ins Koma." „Aha", sagt Guido, „ihr kennt euch! Ich schick dir meine Frau rüber." Und ich denke sofort an das berühmte Aggressionsmuster und bin innerlich zerfleischt, spreche aber nur in Gedanken: *Schickst deine Frau rüber? Wie denn? Per Post, als Einschreiben, mit UPS oder einem Kurier?*

Ja, der Zauber ist gebrochen. In meiner neuen Wohnung, in die ich mich jetzt hin fliehe, habe ich sechs Flaschen samtigen Rotwein und meinen Lieblingswein aus Sachsen, den Schieler. Danach stürze ich mich von dem kleinen Balkon und gut ist!

Es klingelt. Nein, nicht das Handy. Den Anruf würde ich einfach wegdrücken. Jetzt ist schlimmes Leiden angesagt. Der nervige Ton kommt aus Richtung Eingangstür. Nicht einmal der Wein ist mir vergönnt, also öffne ich und da steht Undine lächelnd mit einer Flasche Schampus und singt: „Tataaa. Wo sind die Gläser? Du brauchst jetzt eine schöne Tasse guten Tee, halt die Ohren steif." Ich wusste bisher nicht, dass steife Ohren bei Herzschmerz helfen. Ab diesen Momenten kann ich sagen: Ja, steife Ohren helfen auf jeden Fall. Der Champagner ist schön gekühlt und belebt den Geist, so dass wir schnell auf das Thema „Frauen im Dorfprojekt" zu sprechen kommen. Undine, die Frau des Bürgermeisters und meine kleine Schulfreundin aus der ersten Klasse. Sie kennt sich im Bereich Nähen aus und das ist gut so. „Wir erfinden ein neues Label, dass natürlich nur in Rosendorf hergestellt wird. Es muss etwas Besonderes, nie Dagewesenes sein." Das wird sehr schwierig, bei den jetzigen Angeboten, die weltweit auf dem Markt sind und ist zudem etwas sehr hochgestochen. Und dann, wie aus heiterem Himmel, habe ich die Idee des Jahres, natürlich mit Hilfe des wirklich guten Tees. „Wir nennen das Label „Glockenblume". Sie wird auf jedes angefertigte Kleidungsstück, wie zufällig hingehaucht, gestickt. Das lassen wir uns später, nach dem riesigen Erfolg, sichern und irgendwann gehen wir damit ins Internet." Was für ein Tag, völlig schmerzfrei, mit einer genialen Idee in einem absoluten Glücksrausch und mit steifen Ohren. Es gibt viele Frauen in Rosendorf, die endlich raus wollen aus den eigenen vier Wänden, weg vom Kreuzworträtsel und den Neuigkeiten aus der Nachbarschaft. Undine wird sie zusammenrufen und sie werden Schnittmuster anfertigen, Figuren zeichnen, Stoffe aussuchen, Nähmaschinen und Werkstätten ermitteln, Bekleidung in extravaganten exotischen Ausführungen mit leichten Stoffen und Farben der Glockenblume für Damen entstehen lassen. Eine ganz wundervolle Zukunft kommt auf die Frauen zu und die Flasche Schampus ist geschafft.

Zweite Versammlung

Ein neuer Tag, ein neues Glück. Kneipe.

Unser zweites Treffen mit den Handwerksbetrieben und den Praktikantinnen beginnt ganz pünktlich am frühen Abend. Die kleine Kneipe wirkt heute einladend. Weiße Tischdecken liegen auf den Tischen und Blumenvasen mit strahlend blauen Kornblumen stehen in Glasvasen auf ihren Plätzen. Duftende Teelichter in kleinen durchsichtigen Gläsern vertreiben den lästigen Muff. Das Ambiente erzählt schon von einem positiven Schritt in die richtige Richtung. Ich habe mich auch sorgfältig zurecht getrimmt und sehr hübsch angezogen, in einem eisgrauen Kleid mit weißen Punkten mache ich einen frischen, jugendlichen Eindruck. Aufgeregt bin ich auch, das merke ich jetzt ziemlich deutlich. Heute wird auch Fritz gekommen sein. Mir zittern sogar die Hände. Da ist auch schon Irene im richtigen Moment herbeigeeilt, toll geschminkt und mit einer großen roten Schleife in ihrem Zopf. Ich glaube, ihre Begeisterung für das Projekt erwacht und sie sagt, dass wir eine Kleinigkeit zwischendurch essen können. Sie hat zwei Angebote zur Auswahl: ein Süppchen mit Brot und Würstchen mit Kartoffelsalat. Das hört sich gut an und wir werden in der Pause darauf zurückkommen.

Die Dorfgemeinschaft schaut freundlich aus. Sie suchen sich schwatzend ihre Plätze und los geht es schon. Ich begrüße stehend unsere Meister und Gesellen und unsere Praktikantinnen, wobei ich sie gleichzeitig kurz mit ihrem Namen vorstelle. Es ist eine lockere Atmosphäre, so ist mein Eindruck, und die erlauchte Männerwelt in aufgekrempelten Hemden wirkt neugierig und gespannt. Der Graf ist auch anwesend und hat netterweise seine Frau Mutter mitgebracht, die Gräfin. Undine und ihre Frauen, also das Glockenblumen-Label, haben einen runden Tisch herangeholt und sich gleich neben mich platziert. Mein Pointer ist bereits eingeschaltet, die Betriebe sind aufgelistet, und da die

Aufregung zunimmt, was mir gut gefällt, will ich gern gleich beginnen. Ich muss mir noch einen Platz suchen. Eigentlich müsste ich wegen der Zusammenarbeit neben dem Herrn Anwalt, sprich Prof. Dr. Fritz Wagner, sitzen. Doch da sitzt schon ganz selbstgefällig mit ausladenden Gesten der „Kaffeebecher to go" und freut sich richtig von innen heraus. Er nickt mir freundlich zu, so ganz ohne Widerspruch diesmal. Na, seine Einwände werden nicht lange auf sich warten lassen, kann ich mir vorstellen. Der junge Bäcker schließt wieder die Tür und Fritz schaut in meine Richtung, das nehme ich sogar körperlich wahr. Er hat einen dicken Aktenordner aufgeschlagen. Als ich ihn mit meinen Augen ganz deutlich für alle erkennbar suche und ihm zunicke, bekomme ich tausend Stiche in meinem Hals und ich fühle Hitze in meinem Gesicht aufsteigen. *Was nun? Meldet sich meine innere Stimme.* Reiß dich zusammen, Charlotte, es geht hier nicht um dich persönlich. Ich brauche dringend einen Schluck Wasser, mein Hals ist ausgetrocknet, natürlich jetzt gerade in diesem Moment. Einfach anfangen und nicht stottern, du kannst das, Charlotte, du hast schon Konferenzen abgehalten, die sehr schwierig waren. Also auf ein Neues, schlimmer kann es nicht mehr werden. Und der „Kaffebecher to go" umarmt aus lauter Begeisterung auch noch Fritz. Ich erkläre den Anwesenden die einzelnen Tagespunkte und merke, dass mir überhaupt niemand zuhört. Die jungen Damen stehen heute im Mittelpunkt. „Herr Müller", spreche ich wieder zuerst den Bäcker an, darf ich Ihnen Ihre Praktikantin vorstellen, sie wird mit Ihnen das Projekt an Ihrer Seite und mit Ihrer Hilfe erarbeiten. Die Köpfe aller Männer wenden sich zu meiner Schülerin. Mit schräg gestelltem Kopf, einen freundlichen und auch neugierigen Ausdruck im Gesicht und mit hochgezogenen Augenbrauen. Rita steht von ihrem Platz auf, nickt und sagt das, was wir besprochen haben, dass sie sich nach der Pause mit ihm, dem Bäcker zusammensetzt, um bestimmte Termine zu besprechen. Herr Müller, im hellblauen Hemd, passend zu seinen blauen Augen, ist von der Dame angetan, doch, das sieht man, er freut sich und sagt ganz artig „Hallo". Es läuft gut, und als der Gärtner an der Reihe ist, seine Praktikantin zu begrüßen, erleben wir eine ganz wunderbare Überraschung. Der Gärtner steht auf, holt unter dem Tisch einen ganz in rosa gebundenen Blumenstrauß hervor und überreicht ihn meiner, für ihn bestimmten Schülerin. Beide ernten einen großen Applaus. Ich bin sehr überrascht und strahle über mein ganzes Gesicht. Meine Aufregung ist wie weggeflogen. Die Arbeit beginnt sich zu lohnen, es läuft wie am goldenen Schnürchen. Ruth hat sich gemeldet, um mit dem Förster zu arbeiten. Sie sagt ihr Sprüchlein auf und der Förster, also eigentlich der „Kaffeebecher", begrüßt sie und sagt, dass er sich sehr (Betonung liegt auf sehr) freut, nach der Pause mit ihr ins Gespräch zu kommen. Unser Tischler hat schon eine fertige Stelze mitgebracht und erntet ehrliche Bewunderung. Ein wirklicher Künstler ist er, denn die Bemalung der Stelze könnte von Hundertwasser persönlich angefertigt worden sein. Sie steht dem großen Künstler nicht nach, so perfekt ist sie gemalt. Seine Mitstreiterin, die Praktikantin für Holz, ist ganz entzückt und zeigt ihm gleich mitgebrachte Muster, die sich noch zur künstlerischen Bemalung eignen. Irene und ihr Lebensgefährte, der die groben Arbeiten in der kleinen Kneipe übernommen hat, bekommen zwei Schülerinnen gestellt und sie flüstern gleich mit den beiden, weil sie schon ganz wunderbar exotische Rezepte mitgebracht haben. Der Fleischer schaut aus, als hätten wir ihn vergessen. Nein, natürlich nicht, das ist Heike, die sich in diesem Bereich gut auskennt. Sie ist Grillmeisterin in ihrer Straße und bringt daher große Lust und viele Ideen mit. Undine, die Leiterin des neuen Labels, wird mit drei Praktikantinnen bekannt gemacht, die schon Figuren gezeichnet haben. Die Gräfin-Mutter gesellt sich zu den Frauen und will von ihrem Stofflager berichten, sagt sie, sehr vornehm und gönnerhaft, kerzengerade und hält sich mit einer Hand an ihrem silbernen Stock fest. Hier in dem Gastraum unserer kleinen Kneipe bestätigt es sich: Es liegt was in der Luft, eine unwiderstehliche Idee, die umgesetzt werden möchte. In unserer kleinen Kneipe bestätigt es sich: Wunder gibt es immer wieder. Es fühlt sich an wie Friede, Freude, wir alle zusammen. Wir packen es jetzt miteinander an. Eine Pause passt nun in den Ablauf, damit wir zueinander finden, etwas trinken und essen und Irene natürlich eine Freude bereiten.

Fritz, unser Finanzminister, erleichtert mir den eben gemachten Vorschlag. Er kommt auf mich zu, ich erstarre und zittere, beides zusammen und gleichzeitig und muss mich noch dazu bremsen, ihn bloß nicht anzufassen. Also ich fühle mich ordentlich schwindelig. Trotzdem kann ich Fritz noch ansagen, damit alles rund läuft. Es geht nach der Pause um den Finanzierungsplan, die versammelten Teilnehmer klatschen und ich kann sagen, alles geht seinen Gang. „Kannst du heute nach der Versammlung bitte noch zu meiner Mutter gehen? Sie erwartet dich schon lange und freut sich, dich wiederzusehen," fragt mich „meine Liebe" ganz natürlich, ohne jedes Zittern in der Stimme. Obwohl uns doch Welten trennen, haben wir immer noch diese telepathische Beziehung zueinander, denn das waren auch meine Gedanken, daher sage ich zu. „Ich warte dann auf dich", sagt er und für ihn ist die Welt damit abends um sieben noch in Ordnung.

Nach der hilfreichen Pause erhebt sich Fritz für seinen Vortrag. Ich merke, er ist eine Einheit mit seinem Dorf. Er steht einfach da, keine Hand in der Hosentasche. Das hat er gar nicht nötig. Es ist ein Heimspiel für ihn, seine Ausstrahlung fängt die Aufmerksamkeit von uns sofort ein. Und dann sagt er: „Ab nächster Woche kommen Charlotte und ich zu euch in die Betriebe und wir besprechen die Finanzen mit jedem Teilnehmer einzeln. Das ist das produktivste Vorangehen, denken Charlotte und ich." Davon wusste ich gar nichts. Erstens, dass er mich mit meinem Vornamen einbringt und zweitens, dass er über meinen Kopf entscheidet. Er beugt sich zu mir runter, weil ich ja sitze und sagt zu mir: „Entschuldige, das ist mir grade so eingefallen."

Da kommt der Bürgermeister zu mir und freut sich: „Ich wusste es, du kriegst das mit ihm hin, der Kreis schließt sich, das Projekt wird ein großer Erfolg." Und zum guten Schluss erhebt sich der Graf und schlägt mit dem Löffel an sein Glas: „Ich möchte euch alle auf unser Schloss einladen. Mir ist diese Idee gerade zur rechten Zeit gekommen. Lasst uns unser Unternehmen mit einem Ball beginnen, in einer vornehmen Kleiderordnung, das finanzielle Problem bespreche ich gleich mit Charlotte und Fritz." Eine Überraschung jagt die andere, es ist wie bei Saturday Night Fever.

Tante Louise

In dieser Fieber-Euphorie gelangen Fritz und ich zu Tante Louise. Im Wohnzimmer warten schon vier Eierlikör-Ladys ganz entspannt auf uns. Wir werden auch mit einem „Hallo" empfangen. Tante Louise und ich mochten uns schon immer sehr. In unserer Umarmung schaue ich sie an, sie ist eine ganz herzliche Frau geblieben. Freundliche Züge lächeln in ihrem Gesicht. Wie schön ist es, sie anzusehen mit ihrem hell ergrauten Haar und dem langen Zopf am Hinterkopf. Fritz holt eine Flasche Wein, weil wir den angebotenen Eierlikör verschmähen. Wir überlassen das gelbe Getränk den niedlichen Ladys. Sie hätten auch bei „Arsen und Spitzenhäubchen" Hauptrollen spielen können. Die vier Damen sitzen brav mit ihren Gläsern in der Hand auf dem Sofa. Ihre Augen strahlen, wer weiß schon wovon? Sie sehen unternehmungslustig aus. Hübsch haben sie sich zurecht geschmückt in cremefarbenen und weißen Spitzenblusen mit Rüschen, die sich dem leicht ergrauten Silberhaar harmonisch anpassen. Sie nicken sich aufmunternd zu. Irgendetwas soll passieren, das spüre ich. Da liegt was in der Luft, ein ganz besonderer Duft.

Ganz selbstverständlich und mit spitzbübischem Gesichtsausdruck tragen sie nun auch ihren Wunsch vor. Bestens vorbereitet, gewandt artikuliert, ein bisschen gekünstelt und gut überlegt. „Zum Thema Nachhaltigkeit", sagt eine der Ladys, „haben wir uns Folgendes überlegt: In dein Projekt passen noch die Wörter „altersübergreifend" oder „generationsübergreifend" hinein. Es geht dir doch um Fortschritt und Bewahren und Erhalten. Um es kurz zu machen, wir vier Damen wollen am Projekt mit einem Eierlikör-Cocktail-Stand teilnehmen. Du kannst uns nicht einfach außen vor lassen, uns schlicht vergessen. Unser Unternehmen ist so etwas von nachhaltig, musst du wissen, das können später unsere Enkel übernehmen." Ich muss schon sehr lächeln und frage sie sofort, ob sie nicht lieber an dem Glockenblumen

Label teilnehmen wollen. Sie könnten doch eine Glockenblume in jedes genähte Kleidungsstück einsticken. „Wie bitte?" Ein ganz entsetzter Ausdruck steht auf ihren Gesichtern. Das geht schon mal gar nicht. Sie beharren voller Überzeugung auf ihr besonders einfallsreiches Angebot und Tante Anna (ich habe sie wiedererkannt) empfiehlt mir noch, ihnen ein paar originelle Rezepte zukommen zu lassen. So soll es denn auch sein und ich begebe mich auf meinen Weg in mein neues zu Hause. „Gute Nacht, ihr lieben Ladys", nicke ich auch Fritz verabschiedend zu und überlasse ihn seinem Schicksal, die finanzielle Unterstützung für dieses exotische Unterfangen in den Businessplan einzubauen.

Der Ball

Ich schminke und kämme mich ein bisschen mehr auf jugendlich, denn heute wird im Schloss getanzt. Für dieses bedeutende Event schmeiße ich mich extra in mein schönes Wiener Kleid, das in heller prickelnder Sektfarbe leuchtet. Es ist ein außergewöhnliches Kleid, ein Einzelstück aus Wien, ein Königinnen-Kleid, ein Traum schlechthin, ein perfekt geschnittenes Wohlfühlkleid, ein absolutes Wow! Das Kleid hat einen schweren, weiten Rock. Dieser fließt ab der Taille von eng nach glockig weit hinunter zum Saum. Der Rock öffnet sich beim Gehen und verwandelt das Gehen gleichzeitig in ein Schreiten. Ich war einmal in Weimar im Haus von Herrn Goethe. Er hatte die Treppen, die im Haus in das obere Stockwerk führen, in einem solch wunderbaren Abstand gestalten lassen, dass das Treppensteige in ein Schreiten überfließen ließ. Welch ein absolut herrliches Gefühl, mit erhobenem Kopf und vorsichtigen, bedeutenden Schritten zu gehen. Und so fühle ich mich jetzt, so wie bei Herrn Goethe. Ich schaue bestätigend in den Spiegel, der mir auch gleich zustimmt und mich ganz außergewöhnlich reizend findet. Das ist jetzt ein bisschen „gemiezelt". Trotzdem: Ich sehe toll aus. Meine innere Stimme denkt leise: *Vielleicht kommt Fritz ja auch, obwohl er mit Frauen nix am Hut hat.*

Meinem Körper habe ich für heute bis zum kleinsten Härchen den feierlichen Befehl erteilt, dass, wenn Fritz kommen sollte, ich ihm auch nicht durch das leiseste Zeichen zu verstehen gebe, dass ich ihn noch liebe. So habe ich meine Liebe unter zehnfachem Verschluss in meinem Herzen eingesperrt und den Schlüssel dazu wollte ich nicht in die Gegend werfen, nein, sondern in die Tasche stecken. Eine kleine Hintertür habe ich mir gern offen gelassen. Vielleicht hätte ich ja gegen eine besondere Freundschaft mit Fritz nichts einzuwenden, in der wir beide gemeinsam etwas erreichen. Mal sehen, wie ich alles durchstehen werde. Leider bin ich sehr gefühlsbetont, das wäre jetzt aber nicht so angebracht. Ich erschrecke mich zum Beispiel bei jeder Szene im Gruselfilm zu Tode und weine bei traurigen Ereignissen in Filmen tränenreich, manchmal sogar mit Schluchzen.

Meine Mädels und ich gehen gemeinsam zum Schlosspark. Hübsch aufgeputzt haben sie sich und passen mit ihren langen bunten Kleidern gut zu dem sonnigen Wetter. Sie schwatzen und kichern, sie sind aufgeregt. Es könnte gar nicht anders sein. Ihre Partner erwarten sie im Saal. Fast alle Partner sind jung und attraktiv. Ich bin im Moment still, verhalten und freundlich, doch fühle ich mich aufgewühlt. Das grau-weiße Schloss liegt nun vor uns und schaut mit seinen zwei Türmchen ein wenig abgeblättert drein. Es strahlt ein Fluidum längst vergangener reicher und auch armer Zeiten aus. Der Graf kommt uns strahlend in einem dunkelblauen Smoking entgegen. Hoffnungsvoll, weil eine neue Zeit für ihn anbricht, und stolz sieht er aus. *Ja, das ist seines Weges Wende*, denke ich innerlich, so für mich.

Wir einigen uns beide auf nur kurze Begrüßungsreden jetzt zum Beginn des Balles und beglückwünschen alle Anwesenden zuversichtlich zu einer harmonischen Eröffnung in ganz neue Situationen. Der Graf freut sich auf das Leben, das wieder in sein Schloss einzieht, auf die Musik, den Tanz, den Wein und das Dorfprojekt, in das nun sein altes Schloss mit einbezogen wird.

Wie es in früheren Zeiten bei Schlossbällen üblich war, hat auch heute ein meist ausgewähltes Publikum Zutritt. Also das bedeutet, alle Damen und Herren sind geladen, die am Projekt beteiligt sind. Ein farbenfrohes Bild sieht man an den runden weiß gedeckten Tischen. Und so wie früher ist es noch so, dass man zu Bällen in einer Abendgarderobe erscheint. Die Damen haben sich in leichte lange Sommerkleider gehüllt und die Herren sind entsprechend ihrem Gusto meist in schwarz-weiß gekleidet.

Der Ballsaal selbst ist nicht gerade der Spiegelsaal von Versailles. Das will man auch gar nicht. Doch er kann sich unbedingt sehen lassen. Durch die großen Fenster schaut man mit einem freien Blick in den weiten Park, helles Sonnenlicht leuchtet heute auf das neue Leben im alten Schoss. Die großen Flügeltüren zur

Terrasse stehen weit geöffnet, so dass die frische Sommerluft hereinströmen kann. Auch der verschnörkelte Stuck an den Fenstern und an der Decke sieht noch gut erhalten aus. Übergroße Gemälde mit einstiegen Familienmitgliedern blicken ernsthaft auf die Gäste eines ersten gemeinsamen Festes mit dem „Volk", und noch dazu mit modernen Ideen. Zum heutigen Ball bietet der Saal ein perfektes Parkett an, frisch in der Farbe Honiggelb, als wäre es nigelnagelneu, als ob er sich freue, endlich wieder genutzt zu werden.

Der Herr Graf fordert mich zum Tanz auf, um den Ball zu eröffnen. Das wird der Gräfin-Mutter nicht gefallen, noch so ein Bruch mit der Tradition. Mir ist ein wenig unbeschreiblich zumute. Bloß kein „Skandal im Ballsaal". Der Graf wirbelt mich in eine Linksdrehung und da sehe ich Fritz, wie zufällig hingehaucht, an einem Tisch stehen. Mein Herz saust in die Füße und meine sonst ausnahmslos tanzsicheren Füße beginnen zu zappeln. Der Blitz von neulich fährt mit heißem Zischen in mein Herz und verbrennt es auf der Stelle zu Asche. Der Herr Graf festigt plötzlich seinen Griff und bricht mir die Wirbelsäule durch. Wenn es auch heißt: Bevor man nicht einmal zerbricht, weiß man nicht, was in einem steckt, dann stimmt das jetzt. Diese Situation ist größer und gewaltiger als irgendetwas anderes in meinem Leben. Es brennt und sticht in meinem Hals und in meinem Gesicht. Ich glaube, mein Herz bleibt einfach stehen. Die Luft zum ruhigen Atmen verändert sich zum heftigen Sturm. Ob der Graf das merkt? Ich möchte wegrennen oder irgendetwas tun. Jetzt brauche ich eine positive menschliche Idee. Jetzt ist so ein richtiger Zeitpunkt, dass mir bitte etwas Gutes einfallen könnte. Mein inneres Durcheinander und die aufsteigende Panik lassen mich über mich selbst hinauswachsen. In diesem wahnsinnigen Moment weiß ich, dass ich den ersten Schritt auf Fritz zumachen werde. Das merke ich und will es auch ganz plötzlich. Ein Türchen werde ich öffnen, sonst könnte diese einmalige Gelegenheit, heute mit „meiner Liebe" zu tanzen an mir vorüber gehen. Ich will nicht bereuen, dass ich nicht den Mut hatte, etwas getan zu haben. Bereuen kann manchmal schlimm weh tun, so ähnlich kann man das auch bei Hermann Hesse in „Goldmund und Narziss" lesen. (Suhrkamp, S. 310 ff.) Ich, von der mein Spiegel „miezelte", dass ich ganz außergewöhnlich reizend bin, lächele nun zu Fritz hinüber und unterstreiche das Lächeln noch mit einem kleinen, ganz kleinen lieben Nicken. So war es, glaube ich. So vielfältig in den wenigen Sekunden. Ein Glück, dass dieser Tanz nun auch endlich im doppelten Sinn sein Ende erreicht hat. Wenn der Graf nicht stehen geblieben wäre, hätte ich das gar nicht mitbekommen.

Fritz sieht fantastisch aus, das sagt mir mein Herz. Sein blütenweißes Hemd hat weite Ärmel, so wie es die Musketiere tragen, mit langen geknöpften Manschetten. Das sieht so außergewöhnlich gut aus. Er trägt noch immer etwas längeres fluffiges Haar. Und sein Lächeln! Ach, dieser Mann, dieser Mann, macht mich unwahrscheinlich an. Dieser Blick, dieser Gang, erweckt in mir die Leidenschaft. Und wenn Fritz so ist wie sein Lachen, werde ich ganz aus Versehen Himbeertorte aus ihm machen, mit ihm weinen, mit ihm lachen, mich mit ihm im Tanze drehen. Oh, das könnte so schön sein. Diese Zeilen fallen mir gleich ein, ich habe sie selbst einmal gesungen, als ich mit einer Kollegin zusammen aufgetreten bin. Wir tingelten beide eine Zeitlang in kleinen Weinlokalen mit unseren Liedern und hatten wirklich Erfolge. Unser sogenannter Renner war der Walzer: Ich möchte dich so gerne verführen unterm brennenden Weihnachtsbaum oder auch zwischen zwei Türen im Zahnarztwarteraum. Ach himmlisch, exotisch, verrückt sogar mit sicheren Verhüterlies in zartlila… *Es passt auch zu der Situation mit Fritz*, denke ich und spüre wie ich am Arm gestreift werde. Ich weiß sofort, wer es ist. Ein Kribbeln läuft meinen Arm hoch, ganz wie Ameisenlaufen. Und er, „meine große Liebe", bittet mich und führt mich auf die Tanzfläche. Tanzen, das ist Träumen mit den Füßen, sagt ein finnisches Sprichwort, und das passt jetzt so gut. Mark Twain zum Beispiel liebte das Tanzen als ein Gespräch zwischen Körper und Seele. Tanze, sagte er, als würde niemand zusehen. Ich tanze so gern, als wäre der Himmel auf der Erde. Alles passt perfekt wie in einem Traum, der Walzer, mein Kleid, das Lächeln von uns beiden und die Leichtigkeit des momentanen Seins. Ich habe mir angewöhnt, immer auf den Fußballen zu tanzen, dass verwandelt mich in eine Feder biegsam und immer im Takt. Ball meint in der englischen Sprache auch Fußballen und verleiht beim Tanzen „Flügel". Das ist ein klein wenig gesponnen, aber empfehlenswert. Ich lege mich beim Walzer in den rechten Arm von Fritz und es fühlt sich so an, als hätten wir unser Leben lang nichts anderes getan als getanzt. Tanzen weckt Emotionen und man darf auch Emotionen zeigen. „Lass uns heute nicht über unsere erste Begegnung reden, kannst du damit einverstanden sein?", fragt mich „meine Liebe". Ich nicke, obwohl mir das Reden geholfen hätte, und dann höre ich jemanden sagen. „Schaut mal, Fritz tanzt mit einer Frau!" „Hast du das eben gehört?", fragt mich „meine Liebe". „Wir wären das ideale Paar, um den Tango zu erlernen. Das wollte ich schon immer einmal versuchen und mit dir wäre das perfekt. Tango fördert die Achtsamkeit mit sich selbst und mit anderen. Es einmal auszuprobieren, lohnt sich in jedem Fall. Gib dir einen Ruck." Ich hatte schon mal davon gehört, das gute Tänzer manchmal homosexuell veranlagt sind, aber, dass jetzt Fritz mit einer Frau Tango tanzen lernen will, ich weiß nicht. „Noch in der nächsten Woche wird in der Stadt ein kleiner Kurs angeboten, ich übernehme das Fahren und ich hole dich ab", fügt Fritz noch hinzu.

Meine Seele jauchzt: „Tango", ja geh mit ihm tanzen. Du brauchst das jetzt nicht für dein Wohlergehen oder gar für dein Selbstbewusstsein. Nein, aber wenn du nicht mitmachst, dann verpasst du einen Rausch, einen Sommerduft wie die rosa Strandrosen, so betörend süß. Ein Einatmen der wärmsten Sonne, ein Bild von weißen und blauen Glockenblumen auf der Frühlingswiese, ein langanhaltendes Glücksgefühl, prickelnd wie eisgekühlter Champagner. Alles Erlebnisse, die du so gern um dich hast. Doch, doch mach es, sag ja, sag ja, flüstert mein Herz und steigt aus seiner Asche empor.

Der Tango, spannend und lebendig.
„Tango ist ein trauriger Gedanke, den man tanzen kann", sagte der argentinische Tango-Komponist Enrique Santos. Un-

ser Tango-Lehrer fügt dann noch ein Zitat von Bernhard Shaw hinzu: „Der Tango ist der vertikale Ausdruck eines horizontalen Verlangens." Das ist für uns vier Tango-Paare völlig klar und einsichtig. Wir nicken alle und tun so als ob. Natürlich wollen wir Don Tango erlernen, Tango for ever, Siempre Tango! Wir wissen auch, dass der Tango Argentino offiziell zum immateriellen Weltkulturerbe der UNESCO gehört und schätzen diese gemeinsame und weltumspannende Verbindung.

Don Pedro, unser Lehrer, führt nun mit Rosita, seiner Partnerin, praktisch vor, was er meint und lebt: Haltung, Bewegung, Verbindung in der Umarmung und einen innigen Kontakt im Paar. Das macht ein besonderes Tanzgefühl möglich. „Der Tango", sagt er, „ist Ausdruck von Gefühl, Ausdruck des eigenen Körpers und Kreativität und Hingabe der Tanzenden an den Partner und an die Musik." Da fällt mir Dave Sheriff ein, der in seinem eigens für Line-Dance komponierten Tango singt: „I can do all the dances, but I just can't handle the tango. The rhythm of the music gets to me, the words of the song and the melody. But my feet won't follow, so I better give up gracefully." Ich hatte aber eingewilligt, den Crashkurs zu versuchen. Jedoch beherrsche ich nicht so die akrobatischen, zirkusmäßigen und publikumstauglichen Figuren.

Unser Kurs zielt aber netterweise nicht darauf ab, dass es das Perfekte, nach außen Sichtbare ist, und das bedeutet ein Glück für mich. Sondern er setzt sich zum Ziel das Subtile, das, was im Inneren von uns passiert, auszudrücken. „Ganz wichtig ist im Tango das gemeinsame Gehen", sagt Don Pedro. Für Fritz und mich ist das Gehen überhaupt nicht schwierig. Wir tanzen das Gehen harmonisch, elegant und ausdrucksvoll, soweit das für uns möglich ist. Doch wenn wir uns beim Tango Stirn an Stirn mit einem bestimmten Blick von innen und noch dazu mit aufeinander abgestimmtem Gehen vorwärtsbewegen sollen, falle ich immer aus der Rolle. Ich weiß nicht, was für ein Gesicht ich ziehen soll, so ganz aus dem Innern heraus. Ich gestalte ein zerknirschtes Irgendetwas und lache dann laut los. Das kommt gar nicht gut. Vielleicht hängt das aber auch damit zusammen, dass wir vor Don Tango stets ein Glas Mut-Rotwein trinken. Erschwerend kommt für mich noch hinzu, dass dieser eine bestimmte Griff – Fritz muss mit seiner Hand links unter meine Achsel greifen – mich zu ungebremstem Lachen bringt, weil ich so kitzelig bin. Eigentlich helfen mir meine Albernheiten, damit kann ich auch meine Gefühle weglachen. Die sehr enge Nähe beim Tango und die Emotionen unserer Körper machen mir zu schaffen. So richtig leicht und geschmeidig, also in einem ruhigen Fluss zur Musik und zu Fritz bin ich noch nicht gekommen. Eine gewisse Körpersprache erhalte ich schon von ihm. Aber ich weiß ja, dass er mich nicht meint. Wir beide beherrschen die Grundelemente Gehen, Stehen und Drehen richtig gut und könnten uns eigentlich ganz sicher und mit Freude bewegen, wie gesagt, eigentlich. Vielleicht gelingt es mir ja morgen. Morgen soll es zum Abschluss eine kleine Milonga (eine kleine Veranstaltung, bei der zu drei Musikrichtungen getanzt werden kann) hier im Saal geben und wir dürfen uns auch kostümieren.

Die Milonga

In den letzten Tagen gab es für mich im Projekt viel Arbeit zu arrangieren. Eigentlich fühle ich mich jetzt fix und foxi. Doch gleich werden wir in den Tango-Rausch eintauchen. Ich habe mit mir gesprochen. Heute will ich alles geben, was ich habe: Anmut, Hingabe und Erotik. Auch homosexuelle Männer haben schließlich Gefühle und ich bin eigentlich immer noch hoffnungsvoll, irgendwie, auf irgendetwas. Es kann für mich einfach nicht feststehen, dass Fritz und ich kein Paar werden können. Natürlich kenne ich auch den Satz „Alles auf eine Karte setzen" und weiß auch, dass mir in Notfällen immer etwas Kreatives einfällt. Deshalb lasse ich nun mein schwarzes langes Kleid, das aus einem netzähnlichen Stoff geschneidert wurde, mit nur zwei roten gestickten Rosen dekoriert, ganz leicht über meinen natürlichen Körper gleiten. Das Teil sieht aus, als käme es aus der Kollektion von Valentino. Toll! Jetzt noch in die Don-Tango Schuhe schlüpfen, schminken, dass ich aussehe wie Romy Schneider, so schön, kämmen, verführerisches Parfum, alle diese hübschen wichtigen Einzelheiten sorgfältig angelegt und schon bin ich Tango-bereit. Für Fritz, meine große Liebe, und auch für mich.

Die Milonga beginnt. Meine Tango-Kolleginnen erscheinen tief dekolletiert. Ich bin oben im sogenannten „Rundhals", dafür aber nude unter meinem Kleid und das kann „Mann" andeutungsweise erahnen. Bei einer Linksdrehung schaut Fritz mir direkt in die Augen und ich tue etwas, was so tief in mir als Wunsch erwacht. Ich berühre mit meinen Lippen nur ganz leicht seine Lippen, eine augenblickliche, sehr zarte Berührung und warte eine Minisekunde, um dann mit meiner Zunge an seinen Lippen leicht entlang zu gleiten wie in einem nicht zu beschreibenden Rausch mit geschlossenen Augen. Fritz nimmt mich näher an sich heran, sein Griff wird fester und wir tanzen den Tango unseres Lebens in diesem Moment. Das kommt mir wirklich so vor und von mir aus könnte dieser Zustand des Rausches so bleiben. Da werde ich aber ganz schnell wieder auf den Boden der Tatsachen zurückgeholt und höre Fritz sagen: „Ich habe ein kleines Picknick für den heutigen Abend als Nonplusultra und Abschluss vorbereitet. Bleib so, wie du bist, nimm nur eine warme Jacke für die späte Stunde mit und dann radeln wir im Tango-Schick über den Eiskuhlenberg." „Was ist bloß an dem Eiskuhlenberg so speziell?", frage ich. „Viellicht lüftet der Eiskuhlenberg schon heute Abend ein wenig sein Geheimnis", sagt Fritz zu mir. Und diese himmlischen Sekunden rauschen einfach wieder in den Alltag.

Am frühen Abend hefte ich eine Notiz an unser Schwarzes Brett in der Schule und sage damit meinen Mädels, dass ich über mein Handy erreichbar bin. Fritz holt mich ab, noch immer im Tango-Outfit „weiß-schwarz" und los geht es, auf die Räder gehüpft und treten, treten, treten weit über den Eiskuhlenberg hinaus auf eine bunte mit Gräsern und Blumen bewachsene Wiese. Ringsherum wallt das Korn weit in die Runde und wie ein Meer dehnt es sich aus, um mit dem Dichter zu sprechen. Wir setzen uns auf eine rot-karierte Decke. Fritz hat Gläser mitgebracht und öffnet eine gekühlte Flasche Champagner. Dann zaubert er eine rote Rose aus dem Korb und schenkt sie mir, ohne ein Wort zu sagen und legt ein kleines rotes Heft dazu. Das Heft darf ich noch nicht öffnen und soll es später lesen. Wir stoßen auf ganz wunderbare, bereichernde, vergangene Tage an und schauen uns lange in die Augen. Und nun möchte Fritz das Thema unserer ersten, so rauen Begegnung klären.

„Es gab ein gefährliches und äußerst unangenehmes Erlebnis, das mich beinahe meinen Job und meinen Ruf gekostet hätte", beginnt er seine Erklärung. „Zwei Studentinnen hatten es auf mich, sage ich mal, abgesehen. Sie stalkten mich mit Anrufen, E-Mails, lauerten mir nach Vorlesungen auf, wollten Verabredungen mit mir und vieles mehr. Das alles ununterbrochen, Tag und Nacht. Da ich nicht reagierte, kam es eines Tages zu einem schrecklichen Exzess. Während einer meiner Vorlesungen zogen sich die beiden Frauen ganz und gar nackt aus und kamen langsam die Stufen des Hörsaals herunter, auf mich zu. Ein Alptraum wie er im Lehrbuch steht, für mich jedenfalls. Eine nicht zu beschreibende Situation, entsetzlich. Seit diesem Geschehen habe ich mir ernsthaft geschworen und versprochen, Frauen nicht zu beachten. Ich kann auch von Glück sagen, dass die beiden Frauen mich nicht auch noch einer Vergewaltigung bezichtigt haben, sagten meine Kollegen. Seitdem habe ich mir angewöhnt und heilig geschworen, Frauen mit Abneigung und Hass zu betrachten. Daher kommt auch der Satz, dass ich mit Frauen nichts am Hut habe. Und dann stehst du plötzlich in der Tür. Du. In mir tobte ein Tsunami. Bis die Erinnerung an unsere Jugendzeit die Oberhand gewann und ich dachte mir, an den Abgrund führen viele Wege, aber viele Wege führen auch nach Rom. Es passte dramaturgisch perfekt, dass dieser Tango-Crash-Kurs zur Debatte stand und ich mich ganz vorsichtig auf dich zubewegen konnte. Da flackerte und knisterte sie wieder auf, die Flamme der Liebe. Sie fing von Neuem Feuer und brennt nun für dich und mich." Er steht ein wenig hilflos vor mir und versucht, mich aufzumuntern und sagt ziemlich leise: „Nun kannst du das kleine Heft öffnen."

Ich schaue in das kleine rote Heft und lese: 1.Tango-Tag: Ich freue mich auf Charlotte. 2.Tango-Tag: Ich freue mich sehr auf Charlotte. 3. Tango-Tag: Ich freue mich sehr auf Charlotte. Ich bin aufgeregt. 4. Tango-Tag: Ich bin in Charlotte verliebt.

Wir stehen uns gegenüber. Das fast Valentino-Kleid gleitet in das Gras und das weiß-schwarze Tango-Outfit folgt dem Kleide hinterher. Wir werden miteinander wie zu einem Leib, ein tiefes inneres Eins-Werden. Und mir ist, als hätte der Himmel die Erde still geküsst, dass sie im Blütenschimmer von ihm nur träumen müsst. Die Luft ging durch die Felder, die Ähren wogten sacht, es rauschten leis' die Wälder, so sternklar war die Nacht. Und meine Seele spannte weit ihre Flügel aus, flog durch die stillen Lande, als flöge sie nach Haus'. Vor meinen geschlossenen Augen leuchtet ein smaragdgrünes Meer, ein Vergissmeinnicht blauer Himmel, eine mohnrot unendliche Weite am Horizont. Die Erfüllung langer, auch schmerzender Sehnsucht ist gestillt in diesen zauberhaften Augenblicken. Fritz ist ein großer und warmer Mann, in seinen Armen bin ich geborgen. Ich kann seine tiefe Zuneigung zu mir fühlen. In seinem Lächeln liegt die Macht der Liebe.

Langsam wird es Nacht und kühl. Wir radeln nach Hause. Unsere Augen glänzen und diese wunderbare Verbindung, die wir in unserer Jugend lebten, sie ist wieder zwischen uns lebendig und wahr, ohne ausgesprochen zu werden.

Reflektion: Gespräch mit meiner Seele

Sagt Salomo nicht, alles hat seine Zeit ... verlieren und wiederfinden? (AT Pred.3,14)

Psychologen und auch Wissenschaftler haben sich mit dem Phänomen der Jugendliebe beschäftigt. Obwohl der Volksmund behauptet, dass man Spinat und alte Liebe nicht aufwärmen soll, gibt es Beispiele, dass die wiedererfrischten Romanzen länger halten als normale Lieben. Gründe kennt man dafür einige wie zum Beispiel: Das gemeinsame Aufwachsen oder die gemeinsamen Freunde, Schule etc. Diese Lieben haben sich unter dem Einfluss jugendlicher Hormonüberschüsse noch tief in das emotionale Gedächtnis eingegraben, und genau das schafft diese innere Verbundenheit. (www.Jugendliebe.de) Wie in meinem Fall kommt noch hinzu, dass ich durch äußere Umstände meine Liebe erst mal aufgegeben habe. Die Erlebnisse von damals haben sich trotzdem als Faszination dauerhaft in meinem Hirn verankert. Darum lohnt es sich manchmal, die erste Liebe aus der Jugend wieder zu beleben. Vielleicht sogar mit einem hehren Ziel: Sie in das Jetzt zu holen und mit dieser wiedergewonnenen Liebe auf Augenhöhe zu leben und zu lieben. Meine Heilpraktikerin hat mir erzählt, dass auch sie nach einer gescheiterten Ehe versucht hat, ihre Jugendliebe wieder zu finden. Und er hat sich von ihr finden lassen. Beide leben nun glücklich zusammen und erinnern sich gern an ihre ersten Gehversuche in Sachen Liebe. Es ist doch eine Tatsache, dass wir in unserem Leben alles Mögliche, was uns wichtig erscheint, oft mit großem Aufwand versuchen, zu erreichen oder sogar zu erkämpfen. Ich glaube, das Erhalten und Bewahren einer wunderbaren Liebe ist ein herausfordernder Ausblick, der sich anzustreben lohnt. Wenn die rauschähnlichen Schmetterlingsgefühle in den Winterschlaf gehen und sich verpuppen, kommt doch immer wieder ein Frühlingserwachen und Frühlingserleben hervor. Natürlich gibt es auch diese blöde

Gewohnheit, dass jeder an sich zuerst denkt, also schlicht gesagt, meine ich es so: Jeder denkt an sich, nur ich denke an mich, so ist an alle gedacht. Dieser Egoismus des Einzelnen ist sicherlich schwer zu überwinden, dennoch, so glaube ich, lebt im Herzen des Einzelnen eine Liebe, die alles hofft und die die Größte ist. Ich möchte in dieser Liebe leben, in ihr eintauchen. Ja, das will ich und ich bekräftige meinen großen Wunsch jetzt mit einem Glas „Schieler". Er ist mein Lieblingswein, zu dem es auch eine nette Anekdote gibt. Sie wird immer erzählt, wenn man in einem Weinlokal in Meißen einen „Schieler" trinkt. Hier in meinem Wohnzimmer, in dem ich es mir mit meiner Seele gemütlich gemacht habe, gönne ich es mir an diese alte Geschichte aus meiner Heimat zu denken, weil ich gern in Erinnerungen schwelge und es in diesem Moment gut passt.

Gute Geschichten leben von Generation zu Generation weiter und sind immer interessant: f Die Studenten, die zu jener Zeit arm waren, kamen kurz vor der Sperrstunde in das Weinlokal und tranken alle verschiedenen Neigen, die noch in den Gläsern enthalten waren, aus. Danach fingen sie als Folge an zu schielen. Den Gesichtsausdruck kann man sich leicht vorstellen, bei diesem vielfältigen Genuss. Nun waren die Nachfolger von diesem Weinlokal pfiffig, benutzten diese Geschichte und kreierten einen eindrucksvollen Namen für einen Wein, den „Schieler". Heutzutage ist der „Schieler" eine sächsische Spezialität, aus roten und weißen Trauben gekeltert. Er ist ein fruchtiger und frischer Wein und passt gut zu einer lauen Sommernacht, wie es heute eine war und ist. Durch diese wunderbare Nacht mit Fritz wandern meine Gedanken noch zu einem anderen einzigartigen Naturerlebnis, das mir fast heilig erschien, so heimelig fühlte es sich an. Ich habe einmal vor einiger Zeit in diesen Stunden, wenn der Tag zu Ende geht und die Nacht schon ein wenig hereinschaut, eine tiefe Stille gehört. Auf einer Wiese, auf der ich gerade spazieren ging, um die kommende Dämmerung zu genießen, erlebte ich eine tiefe Stille, eine Stille, die ich hören konnte. Ich wagte nicht, einen einzigen Schritt weiterzugehen, um die Stille nicht zu stören. Diese Abendstimmung hat mich ganz und gar ergriffen, so wie heute auf der Wiese mit Fitz, meiner Liebe, und ich muss es noch einmal aussprechen: Es war, als hätte der Himmel die Erde still geküsst, dass sie im Blütenschimmer von ihm nur träumen müsst. Die Luft ging durch die Felder, die Ähren wogten sacht, es rauschten leis' die Wälder, so sternklar war die Nacht. Und meine Seele spannte weit ihre Flügel aus, flog durch die stillen Lande, als flöge sie nach Haus. Ein leises, zartes Gedicht von J. Freiherr von Eichendorff, es schwebt immer in außergewöhnlichen Momenten in mein Herz und drängt danach, ausgesprochen zu werden. Wobei ich in eine tiefe freudige Stimmung gerate, in ein Erfüllt-sein mit Leben und einer tiefen Liebe, wenn ich sage, dass meine Seele ihre Flügel weit ausspannt und nach Hause fliegt. Für mich und meine eigene Interpretation verwende ich das als Zu-Hause-angekommen-Sein. Vielleicht auch nur in dieser besonderen Situation, in einer unvergesslichen emotionalen Begegnung heute mit meiner großen Liebe.

Treffen der Glockenblume mit Herrn Lüders

Es ist nicht ganz einfach, als Hobby-Schneiderin eine zusammenhängende Kollektion zu entwerfen und auch herzustellen. Natürlich hat Undine jahrelange Näherfahrungen und auch Talent. Aber um großen Erfolg zu ernten und das neue Label an die Frau zu bringen, braucht es eine Meisterhand. Also kommt Herr Lüders, der Schneider, ins Spiel. Er war in den besseren Zeiten ein angesagter Schneider im Schloss. Nun wohnt er am Rande des Dorfes und wird von den Einwohnern Rosendorfs gemieden. Es spinnen sich undurchsichtige Geschichten um seine Person. Man erzählt sich von einem Mord oder einer verbotenen Liebe. Beides liegt nicht so weit voneinander entfernt. Eine Leiche wurde jedenfalls nie gefunden. Alle Schandtaten sollen sich am Eiskuhlenberg abgespielt haben. Herr Lüders hat sich mit den Gerüchten angefreundet, sie ohne Kommentar stehen gelassen und sich in den Alkohol geflüchtet. Ich klingele an seiner Hüttentür. Ringsherum sieht es so aus wie es aussieht. Herr Lüders zeigt sich sehr erstaunt und dann viel später nickt er meiner Darstellung vom „Glockenblumen-Label" zu. Wir brauchen sein Können und seine Erfahrungen für das Dorf, für unser Projekt und für das neue Miteinander. Ein Lächeln zeigt sich in seinem Gesicht. Er sieht ziemlich normal aus, wenn ich das mal so sagen darf. Sein Gesichtsausdruck ist freundlich, ein winziger Beginn einer Glatze ist sichtbar, er ist ein großer Mann und ein wenig sonderbar gekleidet. Eine kleine Fahne flattert ihm voran, na ja! „Ich bringe mich gern in die Sache ein", sagt er, „vielleicht ist dieses Angebot eine Chance für mich, ein neues Leben zu beginnen."

Wir verabreden uns für morgen in der kleinen Kneipe, gestriegelt und gebügelt. Zum Abschied geben wir uns die Hand und beglückwünschen uns beide gegenseitig zu unserem Mut.

In der kleinen Kneipe wartet die „Glockenblume", die um Hilfe gebeten hat und alle sind gekommen. Die kleine Kneipe bewirtet endlich wieder regelmäßig Gäste, dank des Projektes. Irene ist mit Block und Bleistift zur Stelle, wie gewohnt. Wir bestellen gleich zu Anfang der Sitzung nach unseren Gelüsten. Man kann sagen, dass wir eine große Familie geworden sind. In den Medien wird die große „Familie" rauf und runter gefeiert, da wollen wir natürlich dazu gehören, zum neuen Sozialtypus. Im Gastraum herrscht eine fröhliche Stimmung. Es geht mit dem Projekt voran. Alle Beteiligten haben sich Neues zu erzählen. Die noch hörbare Frequenz wird in dem Moment unterbrochen, als der Schneider in den Raum tritt. Herr Lüders hat sich in Schale geschmissen: blauer Anzug, Krawatte, weißes Hemd, also geschniegelt und gestriegelt. Ich habe mich auch aufgebügelt. Es ist mein liebster rot-weiß-gestreifter Rock und eine schnuckelige weiße, nicht durchsichtige Bluse oben drauf. Schließlich soll heute kein Tango getanzt werden. Scherz. „Herr Lüders hat sich bereit erklärt, unserem Label mit Rat und Tat zur Seite zu stehen", erläutere ich seine Anwesenheit neben mir. „Ich danke Ihnen, Herr Lüders, im Namen aller am Projekt Beteiligten für Ihr Engagement," füge ich hinzu. Undine beginnt sofort zu klatschen und die Gemeinschaft folgt ihrem Beispiel. Herr Lüders und ich atmen tief durch, es ist geschafft. Ich spreche noch ein wenig unehrlich aus, dass ich gleich vom ersten Augenblick überzeugt war, dass unser Dorf diese einzigartige Chance wahrnimmt und etwas ganz Großes entstehen lässt: ein wirkliches Miteinander.

Fritz, meine Liebe, freut sich mit mir. Es läuft auf einmal mit uns allen wie gemalt. Fritz streift ganz leise meinen Arm. Hilfe. Das tut gut.

Die Gräfin-Mutter

Die graue Tür unserer kleinen Kneipe öffnet sich plötzlich, wie von Geisterhand geführt. Alle Anwesenden im Raum reagieren erstaunt, neugierig und erwartungsvoll und blicken in die Richtung des frischen Luftzuges, der von draußen in die Kneipe weht.

Die Gräfin-Mutter erscheint im Türrahmen. Groß und stolz sieht sie aus. Ihr Gesicht zeigt ernste Falten. Die Haare sind streng aus dem Gesicht gekämmt worden. Ihre Lippen leuchten betont stark rot nachgezogen und die Augenbrauen sehen hart schwarz eingefärbt aus.

Sie trägt ein weißes Kleid mit schwarzen Punkten. Trotz ihrer üppigen Figur und dem fast weißen Kleid ist sie eine wahre Erscheinung, keine Frage. Wir sehen uns alle nach ihr um. Nun schreitet sie auf den Tisch der „Glockenblume" zu. Mit einer Hand stützt sie sich auf ihren silbernen Stock. Ihre Blicke mustern angewidert das Durcheinander auf dem Tisch von Stiften, Scheren, Stoffen, Schnitten und was noch so zum Schneidern dazu gehört. Sie blickt missgünstig in die Runde.

Wir Beteiligten sind alle stumm, keiner von uns begrüßt sie. Vielleicht will sie sich gern mehr in das Projekt einbringen? Ihre Körperhaltung sagt aber etwas ganz anderes aus. Mein Herz klopft. Ich höre ihren Ton in meinem linken Ohr.

„Aus meinem Stofflager bekommen Sie nur dann Stoffe, wenn Sie den Schneider aus dem Projekt rausschmeißen", artikuliert sie betont langsam und bewegt ihren langen, mit weißem Spitzenhandschuh bekleideten Arm in die Richtung des Schneiders. „Sein mieses, niedriges, gemeines Verbrechen am Eiskuhlenberg verzeihe ich ihm niemals." Die Gräfin hebt ihren Kopf in die Höhe und drückt körpersprachlich aus, mit solchem Pack wie dem Schneider habe sie nichts zu tun. " Hier bin ich, was wollt ihr bürgerlichen Mäuschen, die ihr euch mit diesem Mann, mit diesem Nichts verbindet, denn schon. Ich schaffe euch alle", zischt sie.

Wir bürgerlichen Mäuschen sind wie gelähmt. Keiner von uns sagt ein einziges Wort. Plötzlich stehe ich von meinem Stuhl auf, als hätte mich jemand hochgezogen, und gehe zu dem Schneider. Ich stelle mich neben Herrn Lüders und höre mich sagen: „Herr Lüders bleibt bei uns im Projekt. Er ist eine Bereicherung für das Label, wir brauchen sein Können und seine Erfahrungen. Danke für Ihren Besuch, Frau Gräfin."

Die Gräfin schaut mich an. Lange und angewidert. Sie hustet verächtlich. Ich halte das aus und weiche ihrem Blick nicht aus. Sie weiß, dass wir ein knappes Budget haben. Ein ganz leichtes, giftiges Lächeln liegt auf ihre Lippen, dann dreht sie sich wie ein sterbender Schwan um (ich habe die Pose so im Ballett gesehen) und entschwindet durch die kleine graue Tür nach draußen. Die Tür fällt wie von selbst ins Schloss, fast lautlos, kein Knallen, nichts … das kenne ich doch.

Welche großartige Inszenierung. Jetzt klopfen die Frauen und Männer mit der Hand auf den Tisch und meinen Herrn Lüders und mich, denke ich mal. Wir spielen hier nicht „Wer hat Angst vor Virginia Woolf", wir wollen uns hier nicht in aller Öffentlichkeit zerfleischen, nein.

Das einberufene Plenum ist damit vorzeitig beendet. Einige Teilnehmer stehen vom Platz auf und gehen durch den Saal. Plötzlich entsteht eine unruhige Aufbruchstimmung. Fritz serviert mir einen weißen Wein, den er gerade von Irene geholt hat und setzt sich neben mich. Das finde ich doch ausgesprochen „Halleluja". Meine Mädels laufen hin und her. Ich glaube, ich bin im falschen Film. Irene, in ihrem roten Polka-Dot Kleid räumt die Tische an die Seite. Als ich nun mal nachfragen will, was eigentlich jetzt Sache ist, ertönt ganz wunderbar angenehm wie von Ferne „Elise" (von Beethoven). Ich liebe dieses Klavierstück, das ich niemals richtig spielen lernen werde.

Susi erscheint aus dem anderen Raum mit dem ersten fertig geschneiderten Kleid der „Glockenblume". Tränen steigen mir vor Rührung in die Augen. Was für ein wunderschönes Bild.

Susi passt ganz hinreißend in das Kleid. Sie strahlt über das ganze Gesicht. Das Kleid ist eine Romanze aus Stoff und Nähkunst, wir bezeugen unsere echte Anerkennung, es ist wie bei einer großen Premiere.

Die Form des Rockes fällt wie bei der Blume zu einer Glocke und das Oberteil liegt am Körper an wie Blumenblätter mit feinem, leichtem Stoff drapiert. Kleine schmale Ärmel geben dem Gemälde einen mädchenhaften Touch. Ich erhebe mich mit großer Anerkennung von meinem Stuhl. Alle Mitstreiter folgen mir und wir klatschen laut und freuen uns miteinander voller Begeisterung. Das Kleid ist ein echtes Schmuckstück. Susi freut sich und geht wie ein Model gekonnt auf dem Cat Walk, anmutig und gelöst. Das Team der „Glockenblume" jubelt laut, es ist geschafft. Ihre Mühe hat sich gelohnt. Sie umarmen sich und die Tränen kullern auch bei den Frauen über die Wangen. Sie umarmen Herrn Lüders und wissen genau: Das ist ein sicherer Schritt hin zu einem großen Erfolg für das Team, für das Projekt und für das Dorf.

Spurensuche

Die Präsentation auf dem Sommermarkt der Möglichkeiten soll in drei Wochen hier in Rosendorf auf dem Berliner Platz stattfinden. Warum ist die Gräfin so eisig und lässt uns im Stich? Die nächste Frage, die beantwortet werden muss, ist, warum der Schneider aus dem Projekt ausgeschlossen werden soll. Was trägt die Gräfin-Mutter in ihrem Rucksack mit sich rum? Möchte sie nicht als guter, gütiger Mensch in Erinnerung bleiben? Denn, wenn ihr Leben ans Ende kommt, möchte sie doch nicht, dass der Text ihrer Todesanzeige lautet: … besaß ein gut sortiertes Stofflager, ließ es von den Motten zerfressen, machte fünf AIDA-Kreuzfahrten und beschimpfte Herrn Lüders.

Tage später begebe ich mich auf Spurensuche und klopfe bei Herrn Lüders' Haustür an. In Küchenkräuterpsychologie bin ich gut bewandert. Ich glaube, der Mensch sollte eine Kindheit ohne Entbehrungen gelebt haben (ich meine jetzt nicht das Smartphone). In seiner Jugendzeit sollte er Kreativität entwickelt, seine große Liebe gefunden und auch behalten haben. Er sollte eine Arbeit, die seinen Talenten entspricht, gelernt und gearbeitet haben und im Alter als ein sozialer und liebender Mensch angekommen sein.

Ich weiß, das hört sich jetzt wie die „Träumerei von Schumann" an. Daraus erkennt man, dass zwischen allen Stationen der Lebenssituationen ein Lastwagen stecken geblieben sein kann. Vielleicht war einer der Lastwägen, der zur Gräfin unterwegs war, unser Herr Lüders.

Die Haustür wird geöffnet. Herr Lüders präsentiert sich in der Öffnung. Er trägt einen weinroten Hausmantel, der mit einer goldenen Kordel zugebunden ist. „Ja", verbeugt sich der Samtmantel. „Ich habe dich schon eher erwartet. Es geht um den Eiskuhlenberg, nehme ich an? Komm herein." Sein Arm macht eine einladende Bewegung in das Innere des Raumes. Der Raum ist mit einem großen Schneidertisch ausgestattet, auf den Herr Lüders sofort springt und in einem gekonnten Schneidersitz Platz nimmt. Das hat etwas ganz Ehrwürdiges an sich, finde ich.

„Es war einmal", bedient sich Herr Lüders der Gebrüder Grimm, und legt eine lange Pause ein. Sein Blick wandert zum Fenster, er atmet tief und hörbar ein und schließt seine Augen. *Jetzt wird er ein Bild von seiner Vergangenheit entwerfen*, vermute ich. Nein, er fragt mich, ob ich einen Kaffee trinken möchte. Nein, ich möchte keinen Kaffee trinken, zum Donnerwetter. Ich will die Geschichte vom Eiskuhlenberg jetzt in allen Einzelheiten von ihm erfahren. „Nun ja", nimmt er den Faden wieder auf, „wir waren jung, sehr jung, damals. Wenn ich dir die Geschichte jetzt erzähle, breche ich ein Versprechen. Aber gut, es wird mich auch befreien: Die Ehe der Gräfin mit dem Grafen wurde aus reinen wirtschaftlichen Interessen geschlossen, so wie man das aus der Literatur, alten Filmen und altem Adel schon mal kennt. Der eine gibt das Geld, der andere überschreibt Ländereien oder weibliche Schönheiten, denn das war sie, die Gräfin, sie war eine Schönheit. Ihre Interessen bestanden darin, Stoffe zu sammeln, Kleider schneidern zu lassen und auf Bällen zu tanzen, nichts weiter." Herr Lüders macht wieder eine Pause, denn er war damals der „Hofschneider". Wahrscheinlich sieht er die Gräfin jetzt vor sich in einer wunderschön geschneiderten Robe. „Nun, die Gräfin war egoistisch, hinterhältig und auf ihre eigenen Vorteile bedacht. Ihr habt sie doch heute erlebt", schließt er seine Analyse. Er blickt mich fragend an: „Vielleicht möchtest du ein kleines Likörchen zur Geselligkeit mit mir trinken?" Ich nicke ihm zu und Herr Lüders holt zwei wunderschön geschliffene Gläser unter seinem Schneidertisch hervor. Ich denke: *Typisch, im Büro hat man sein Vitaminfläschchen auch immer ganz in seiner Nähe stehen.* Es passt ein großer Schluck in die Gläser und wir nicken uns zu. Der Schneider genießt sein Schlückchen und startet einen neuen Versuch mit dem Thema Eiskuhlenberg. Das Erzählen fällt ihm offensichtlich nicht leicht. Ich habe noch keine Vermutung, was geschehen sein könnte. „Der junge Graf war ein feiner Mensch. Reich in materieller und immaterieller Hinsicht. Er war sehr sozial eingestellt. Wir waren beide eng befreundet, echte Freunde waren wir." Herr Lüders nimmt ein neues Schlückchen aus diesem edlen Glas, um uns dann beiden mit einer freundlichen Geste nachzuschenken. Ich schaue aus dem Fenster in den kleinen Garten. Ein mächtiger Kirschbaum, über und über mit knallroten Kirschen behängt, steht dort vor einem Holzschuppen. Mitten im grünen Selbstbedienungsladen freut sich eine Amsel ihres üppigen Vogellebens und trällert vor lauter Glück: „Guten Abend, schöner Kirschbaum, du, komm, mach deine Blüten zu und öffne deine Blätter. Ich werde heute lange bleiben und mich an deiner Rinde reiben und deine Früchte zwicken, die dicken. Guten Abend, lieber Kirschbaum, du." Natürlich singt das Adamo, aber so könnte es gewesen sein, so hat es sich angehört. Ich nicke dem Schneider zu. Er versteht meine Geste und setzt seine Erzählung fort: „Der Graf liebte drei Dinge in seinem Leben: die Gemälde von Paul Gauguin (1848-1903), das Paradies der Südsee, erstmals von Fotos. Er war fasziniert von den reinen starken Farben, in denen Gauguin seine Bilder malte. Und seine große Sehnsucht galt diesem Paradies in der Südsee. Sein Traum und sein Ziel waren es, dort zu leben. Dorthin wollte er ziehen. Sein dritter Punkt, der ihm sehr wichtig war, war unsere echte Freundschaft. Ich konnte und kann ihn immer noch sehr gut verstehen. Also bereitete ich seine Flucht oder Umsiedlung nach Tahiti in allen Einzelheiten vor. Ich besorgte alle nötigen Dokumente, Papiere, Gelder und Verbindungen. Der Gräfin sagte er am Tage X, dass er mit mir über den Eiskuhlenberg zum Jagen gehen würde. Diese Lüge und meine Hilfe waren damals seine einzige Chance, Rosendorf und damit auch die Gräfin zu verlassen. Da er nie wieder ins Schloss zurückkam, blieb an mir ein immer noch lebendiger Verdacht eines Verbrechens hängen. Heute habe ich mein Versprechen gebrochen. Die letzten Jahre aber hielt ich den Druck nicht mehr aus und gab mich dem Alkohol hin." „Hast du jemals wieder von ihm gehört?", frage ich leise. Herr Lüders schüttelt seinen Kopf und mir ist, als sähe ich Tränen in seinen Augen. „Ich werde diese Geschichte einer ungewöhnlichen Freundschaft respektieren", verspreche ich beim Abschied und trinke mein Glas mit einem Schluck aus. Da höre ich auch schon die Frauen des neuen Labels „Glockenblume" ankommen. Ich gehe nachdenklich auch an meine Arbeit in der Schule, die Zeit drängt.

Vor dem Sturm

Unsere Arbeiten für den Markt der Möglichkeiten sind ganz hervorragend vorbereitet worden. Wir haben alle Punkte abgearbeitet. Die Lokation, unsere kleine Kneipe, ist einladend hergerichtet. Sie ist das A und O für unser Event. Der Berliner Platz beherbergt die Verkaufsstände und ist darüber hinaus „weltbekannt". Alle Flyer, Plakate und die Zeitungsaufrufe sind freundlich und interessant geschrieben worden. Unser festgelegtes Budget haben wir einhalten können. Auf spezielle Eventtechnologie mussten wir verzichten. Doch wir glauben ganz fest, dass wir Gäste und Besucher von nah und fern durch die Umgestaltung der Kneipe und des Vorplatzes beeindrucken werden. Der Markt wird ein Erfolg für uns, das ist unser Ausgangspunkt. Unsere Zielgruppe sind die Einwohner des Dorfes und der näheren Umgebung. Die Presse ist für heute benachrichtigt worden. Drei Ziele haben wir uns selbst gesetzt, die wir auch erreichen werden.

1. Das heutige Event, der Markt der Möglichkeiten, soll ein Erlebnis für alle Besucher sein.
2. Das Event soll ein Highlight für das Dorfleben sein, als Anreiz dienen, anregen, vermitteln und dem Austausch von Erfahrungen dienen.
3. Es soll die Verbesserung der Kommunikation zwischen den Betrieben als Ziel haben, und damit verbunden ist auch das Kennenlernen neuer Strukturen und die Erschließung neuer Marktgeschehen in den Dörfern.

Die Eröffnung des Marktes ist für 10.00 Uhr angedacht und unser erster Planungsschritt wird gleich helle Begeisterung bei den Mitstreitern und den Gästen auslösen. Er wird alle verzücken und gleichzeitig verblüffen. Wir sind uns ganz sicher.

Was können wir jetzt noch tun? In meinem Inneren macht sich ein wehmütiges Gefühl mächtig breit. Ich fühle mich niedergeschlagen und traurig. Unsere gemeinsamen Zeiten während des Projektes gehen in großen Schritten ihrem Ende entgegen. Übermorgen ist es soweit, die Uhr läuft ab. Schon ab und zu, während einer Arbeitspause, ist mir bewusst geworden, dass das Projekt „Unser Dorf soll wieder lebendig werden" von den Dorfbewohnern bald allein weitergetragen werden muss. Ich habe diese Gedanken sofort wieder in das All zurückgeschickt. Wenn das rote Signal sich dann trotzdem wieder meldete, betätigte ich ganz einfach den Aus-Button. Meine Seele und mein Herz fingen an zu vibrieren und zu pieken. Ich hänge an dem Dorf und diesem Projekt. Ich möchte nicht weggehen. Mir ist so, als falle ich in ein tiefes Loch. Da kann ich noch so laut Luft holen, die Tatsachen türmen sich vor mir auf. Und Fritz, was wird aus uns beiden?

Mein Handy meldet sich: Una festa sui prati, una bella compagnia... (gesungen von Adriano Celentano). Ich habe mir diese zwei Zeilen für teures Geld auf mein Handy laden lassen. Wenn der Song erklingt, dann ist die Welt sofort für mich in Ordnung. Unsere WhatsApp-Gruppe bringt sich in Erinnerung. Der Bürgermeister schreibt: „Kommt alle zum Grillen zu Fritz und bringt mit, was ihr habt. Lasst alles stehen und liegen, ich habe eine große Überraschung." Also das passt jetzt super. Da fühlen sich bestimmt alle Gruppenmitglieder angesprochen und natürlich auch ich und schon mache ich mich auf die Söckchen.

Ich bin fast die Letzte, die ankommt. Helle Aufregung und lautes Gelächter. Fritz steht am Grill, Gläser werden verteilt und Wein wird eingegossen, eine herrliche Stimmung, ein ganz wunderbares Durcheinander. Ich gehe zum Grill und Fritz und ich lieben uns mit unseren Augen. Ich frage: „Was ist geschehen, wer weiß denn etwas?" Fritz zuckt mit den Schultern und lächelt, er ruft seine gegrillten Angebote den Mitstreitern zu und dann sagt er zu mir so laut, dass es alle hören können: „Ich habe auch eine Überraschung!"

Durch das geöffnete Holztor tritt der Schneider in unsere Runde und auch er ruft: „Ich habe eine Überraschung!" Es ist wie bei dem Warten auf Godot von Samuel Beckett. Alle warten hier im Hof auf Überraschungen und keine kommt.

Ein eigenartiges Stimmungsbild verbreitet sich so wie eine kleine Euphorie, vielleicht durch das Bier und den Wein hochgeschaukelt. „Hört mal alle her", ruft nun der Bürgermeister, ganz in freundliches Schwarz gekleidet, und steigt auf einen Stuhl. Sein Handy hält er dabei bedeutungsvoll hoch und wedelt mit den Armen dazu hin und her. Er ruft: „Herr Sgrieß hat geantwortet!" Das Lachen hört auf, alle drehen sich mit offenem Mund zum Bürgermeister um. Ich denke: *Wieso antwortet Herr Sgrieß dem Bürgermeister und ich weiß von nix?* (Herr Sgrieß ist das Haupt des Projektes und mein unmittelbarer Vorgesetzter, und er ist der Mann, der mich so freundlich anlächelt, wenn er nach Rosendorf kommt und von dem Fritz immer sagt: ‚Charlotte, der ist viel zu alt für dich.') Der Bürgermeister setzt neu an, sofort stellen wir alle das Schwatzen ein und warten auf die Überraschung, die nun hoffentlich doch kommt. „Es gibt eine gute Chance, das Projekt bis in das nächste Frühjahr zu verlängern. Also alles noch einmal von vorn: ein neuer Ball, neue Ideen der Handwerker, ein Wintermarkt, unsere Zusammenkünfte und was noch Wunderbares dazu gehört. Charlotte und die Schülerinnen müssen nur noch ja sagen und unser Wunsch wäre sofort erfüllt." „Die Griller" reißen ihre Hände in die Höhe und stoßen große Begeisterungslaute aus. Sie erklären mir, dass sie heimlich einen Antrag bei Herrn Sgrieß und der EU gestellt haben, das Projekt zu verlängern, weil sie den Winter noch „überstehen" müssen. Sie haben erklärt, dass sie allein, ohne mich und die Mädels, nicht schwimmen könnten. Alle Augen sind auf mich gerichtet und ich muss gestehen, ich sehe wohl sehr verdutzt aus. Damit hatte ich nicht gerechnet und ich kann das im Moment nicht einordnen und beantworten. So lache ich ehrlich, wie befreit und erstaunt und bedanke mich. Eventuell kann ich doch noch hierbleiben, denke ich sofort und mein Herz rast ein wenig. Ich muss sie aber auf eine Antwort vertrösten, ich werde ab sofort noch viele Dinge für die Verlängerung ausdiskutieren müssen. Es macht den Anschein, als ob ihnen das genügt. Sie haben einen starken Glauben an die Zukunft entwickelt und rufen schon Vorschläge in die Runde.

Der Schneider meldet sich zu Wort. Er hat sich wieder fein geschniegelt mit dunklem Anzug und einer Krawatte in hellblau und fragt mich mit den Augen und seinen Stirnfalten, ob ich wohl sein Geheimnis verraten habe? Ich verstehe ihn und schüttle den Kopf. Nein, habe ich nicht. Nun lässt auch seine Überraschung nicht mehr auf sich warten. Er spricht nette Worte zu uns und lädt uns zu einem kleinen Umtrunk am Abend des Marktages anlässlich seines Geburtstages ein. Das nehmen wir natürlich auch noch mit und bejubeln die Einladung. Die Eierlikör-Ladys, alle drei in weißer Bluse, dunklem langen Rock und frisch gelocktem Haar, schmieden laut ihre Pläne für einen ganz außergewöhnlichen Südsee-Eierlikör-Cocktail und kichern dabei so niedlich, als ob sie schon ein paar mittelgroße Liköre vernichtet hätten. Auch Irene, heute mit einer gelben Schleife im dunklen Haar, ist ganz verzückt und möchte sich jetzt schon bei dem Label „Glockenblume" ein neues Outfit bestellen. Die Atmosphäre ähnelt einem Jahrmarktgeschehen. Wir sind alle fröhlich, der Wein tut sein Bestes dazu, wir freuen uns auf übermorgen. Jetzt sagt auch Fritz uns allen seine Überraschung – er bleibt in Rosendorf, gibt die Kanzlei in der Stadt auf, unterrichtet nur noch ein paar Einheiten an der Uni und hat das wunderschöne Haus mit der Rosenhecke an der Ecke zum kleinen Wäldchen gekauft. Natürlich spricht er ganz souverän, wie gewohnt, und lächelt sein sympathisches Lächeln. Alle Mitstreiter schauen auf mich und lachen fröhlich.

Was für ein Nachmittag!

Der Kreis schließt sich

Die Sonne hat sich heute Morgen ganz auf unsere Seite gestellt. Ihre hellen Strahlen tanzen auf den blassrosa Dächern, die sich zu einem samtig verblichenen Vorhang wie bei einem Bühnenbild in Szene setzen. Der Marktplatz vor der kleinen Kneipe wimmelt von neugierigen Besuchern.

Katja Ebstein singt bei laut aufgedrehtem CD-Player „Theater, Theater, der Vorhang geht auf". Genau auf den Punkt gebracht, setzt Björn seine hohen, blau gestrichenen Stelzen in Gang. Er erscheint in einem hellblau-weißen Schmetterlingskostüm mit großen, aus Draht geschwungenen Flügeln. Sie sind mit Seidenpapier überzogen und mit Glitzer bestreut. Björn schreitet aus der Kneipentür und stelzt zum Mittelpunkt des Marktes. Haargenau so, wie wir es einstudiert haben. Seine Arme öffnen sich zu einer einladenden Geste, als ob er sagen wollte: „Herzlich willkommen." „Theater, Theater, das ist wie ein Rausch und nur der Augenblick zählt." Er verbeugt sich elegant und nickt den Besuchern lächelnd zu. Sie sind so zahlreich erschienen und jubeln, applaudieren und pfeifen dem Schmetterling zu. Björn dreht in diesem farbenfrohen Kostüm sicher auf den Stelzen seine Runde, bis die liebe Katja singt: „Theater, Theater ist Leben und Traum, Anfang und Ende zugleich…wir geben alles für euch." Nicht nur in meinen Augen versammeln sich ein paar Tränen. Wir sind alle emotional bewegt und beißen uns auf die Unterlippe. Fritz nimmt mich in seine Arme. Meine Mädels Irene, Undine und die Glockenblume, der „Kaffeebecher to go", der Tischler und der Gärtner, Herr Müller, der Schneider und der Fleischer, Fritz und ich legen spontan unsere Hände zu einem Stern zusammen. Wir besitzen einzigartige Eigenschaften, Mengen an Empathie und Fangarme wie ein Tintenfisch. Ja, so ist es tatsächlich. Meine Wohlfühlzellen singen. Es ist genau 10.00 Uhr, Eröffnung des Marktes, unser Tag, ein Griff nach den Sternen und wir sehen alle so hübsch aus und haben uns erwartungsvoll am Eingang der kleinen Kneipe versammelt.

Björn, im Schmetterlingskostüm auf Stelzen, war unser gelungenes Entree, es gibt keine Rede. Björn ist die Begrüßung und die Einladung zum Markt zugleich.

Wir hatten uns vorgestellt, die Marktbesucher stürmen zuallererst den Stand des Bäckers, um einen Kaffee zu trinken. Aber weit gefehlt, sie fragen: „Wo gibt es diese Stelzen und das Kostüm?" Björn weist sie zum Stand des Tischlers und da entsteht ein großer Tumult, mit dem wir gar nicht gerechnet haben. Schon kommen zwei Praktikantinnen zur Hilfe und bedeuten, dass man sich anstellen muss, um voran zu kommen. Der Tischler, seine kreative Frau und die dazugehörige Praktikantin haben die Stelzen nach Größe und Muster aufgereiht. Man hat einen übersichtlichen Blick auf die mit leuchtenden Ornamenten gemalten Kunstwerke und Preise. Das Schmetterlingskostüm hat seine Frau genäht, sie bietet dieses und zwei andere zum Ausleihen für Geburtstagfeiern und ähnliche Festivitäten an. Ein Lachen schallt zu uns an der Eingangstür herüber. Die Stelzen werden sofort ausprobiert und ich höre, dass schon einige Nachbestellungen angefragt werden.

Nun ist auch der Stand des Bäckers umlagert. Goldgelbe frische Strohballen liegen als Sitzgelegenheiten vor dem Stand. Kleine schneeweiße Beistelltischchen dienen zur Ablage der Geschirre. Eine aus gelber Pappe geschnittene große Kaffeetasse informiert über die Angebote des Standes. Sie erzählt den Besuchern, dass es hier drei verschiedene Spezialitäten an Kaffee gibt: Filterkaffee mit einer Sahnehaube, Rosendorfer Moccacino und göttlicher Filterkaffee aus glücklichen Bohnen.

Zusätzlich zeigt ein schwarzes Backblech, das auch aus Karton angefertigt wurde, die kleinen Leckereien, die gern zum Kaffee gegessen werden können: Rosendorfer Schlossbrötchen mit einem Quarkerlebnis, frisches Weißbrot mit Gartenmarmelade, Tante Annemaries Schuhsohlen (Rezept im Anhang). Ein Flyer zum Mitnehmen weist auf den außergewöhnlichen Treffpunkt für Wanderer und Radfahrer in der Scheune hin. Es wird einmal im Monat einen Brotback-Kurs geben, zu dem man sich jetzt schon anmelden kann.

Der „Kaffeebecher to go", also unser Förster, hat einen ganz besonderen Stand. Von all den Bäumen, die er fällen musste, sind die noch grünen Äste und Zweige zu einer runden Kuppel geformt. Darunter, an einem Tisch aus einem Baumstamm, hat er sich einen Platz ausgesucht. Baumstümpfe von Birkenbäumen in Grau und Weiß stehen als Sitzgelegenheit davor und laden zum Zuhören und zu Gesprächen ein. Der Förster und seine Praktikantin bieten ganz interessante Events an. Auf kleinen Schreibblöcken kann man sich mit seiner Telefonnummer eintragen, wenn man an einer Veranstaltung teilnehmen möchte, und da sind wunderbare Highlights für Jung und Alt dabei: Lichterfest im Wald mit leiser Musik, Barfußgehen auf bestimmten Wegen, Meditationskurse „Stadtauswärts", Waldbaden und Naturzeiten, Lesungen unter der alten Buche, Fackelwanderung im Herbst und eine Nachtwanderung in allen Ferien. Ganz besonders heimelig finde ich eine Märchenlesung im Kaminzimmer des Schlosses, zu der er mich gebeten hat. Und da er natürlich an alles gedacht hat, gibt es einen Nachmittag, an dem Senioren erzählen, wie es früher war. Der Förster bietet einen Spaziergang-Club für Senioren an, der sich einmal in der Woche trifft und einige Kilometer miteinander spazieren will. Jede Veranstaltung erklären beide sehr detailliert, der Förster und die Praktikantin, sodass man schon gleich Lust hat, loszuwandern. Am originellsten finde ich einen Workshop mit dem Titel „Waldhasen aus Pappmaschee herstellen".

Bei den Eierlikör-Ladys ist die Stimmung fröhlich. Unsere Ladys haben sich ganz elegant aufgehübscht. Sie tragen Spitzenblusen, dunkle Röcke und ein gelbes Tuch, das sie sich wie einen Turban um die Haare geschlungen haben, auf dem Kopf. Ihr Verkaufsstand ist besonders hübsch hergerichtet in den Farben Weiß und Gelb. Ein alter weißer Küchenschrank dient als Aufbewahrung von blitzenden Gläsers. Es sieht aus, als wären sie auf allen Dachböden des Dorfes gewesen und hätten sich besondere Gläser gesucht, mit Schnörkeln und Verzierungen, alles passt zu ihren Cocktails. Sie bieten Eigenkreationen an, wie man sich denken kann. Einige hohe Barhocker wurden ihnen gespendet. Viele nette Eierlikörfans aus allen Altersstufen haben sich vor ihrem Stand versammelt und die Ladys arbeiten mit hochroten Köpfen. Der gefragteste Renner ist ein fruchtiger Eierlikör-Cocktail, der jetzt sehr gut in den Sommer passt (Rezept im Anhang).

Der Marktstand des Gärtners beschäftigt sich mit jeder Jahreszeit und dem bekannten Thema: Es grünt so grün... Er hat Kränze aus Kräutern gebunden. Sie liegen in wenig Wasser auf Tellern und duften, genau wie die Sträuße mit blauem, weißem und lilafarbigem Lavendel. Ein kleiner Ratgeber heißt: Grüne Apotheke für zu Hause. Es stellen sich und ihre Heilkräfte vor: Brennnessel, Arnika, Johanniskraut, Ringelblume und Pfefferminze. Das interessiert natürlich die Damen der Schöpfung. Dann gibt es noch einige Rezepte mit Blüten, die richtig schön machen (Rezepte im Anhang). Unsere Praktikantin und der Gärtner stellen sich Fragen und geben Antworten um das Gärtnern und um die Rosenzucht. Das besondere I-Tüpfelchen wird ein Workshop mit einer stimmungsvollen und individuellen Dekoration für Gartenzäune sein. Lustige Figuren aus Ton können angefertigt und später auf die Zaunspitzen gesteckt werden. Anleitungen für eindrucksvolle Gartenzäune mit Duftwicken oder Prachtwinden gibt es zu kaufen. Auf den hochgestapelten Holzkisten präsentieren sich Körbe voller Früchte in den leuchtenden Farben des Sommers, wie Johannisbeeren aller Art und Stachelbeeren, Himbeeren und Brombeeren, ganz wunderbar. Und nun schaue ich zum Stand unserer Fleischerei. Sie befindet sich direkt am Berliner Platz und daher gibt es nur einen kleinen Stand mit Häppchen, die man gleich verzehren kann. Natürlich sind Schmalzbrote mit und ohne Zwiebeln der Renner und ein ganz besonderes Fingerfood liegt hübsch in einem Korb mit hellblauen Servietten dekoriert. Es sind sogenannte Energie-Bällchen. Die Preise für die kleinen Mahlzeiten zwischendurch sind wirklich angenehm und für die schmalen Geldbeutel gedacht. Die jungen Leute gönnen sich eine Leberkäse-Brezel und bekunden, dass diese köstlich schmecken (Rezepte im Anhang). Es gibt noch ein neues Angebot für Rosendorf und Umgebung: Man kann ab heute Party-Platten nach eigenem Gusto bestellen und diese werden auch geliefert.

Der Berliner Platz ist ein bunter Mittelpunkt des heutigen Tages geworden. Es wird viel miteinander geredet und diskutiert und auch gelacht. Das Wetter spielt eine mitfühlende Rolle, es trägt zu einem sehr guten Gelingen bei. Unsere kleine Kneipe hat die Türen weit geöffnet. Der Gastraum ist freundlich in den Farben Rosa und Weiß gestaltet. Weiße Tischdecken und rosafarbene Servietten kann man schon von der Tür aus erblicken. Das sieht einladend aus. Irene lehnt an der Tür in ihrem gepunkteten Polka-Dot Kleid und wartet auf weitere Gäste. Sie hat ein köstliches Möhrensüppchen vorbereitet und es gibt einige Gerichte mit spaßigen Überschriften auf der Karte (Rezept im Anhang).

Die Kirchturmuhr bringt sich in Erinnerung. Sie schlägt zwei Uhr. Das bedeutet, der Markt läuft zeitlich seinem Ende entgegen. Es fehlt nur noch die Aufführung der „Glockenblume". Wir haben diese kleine Modenschau bis zum Schluss aufgehoben. Jeder Besucher soll mit einem positiven Eindruck nach Hause gehen und das Gefühl bekommen, den nächsten Markt auf keinen Fall zu verpassen. Alle Mitwirkenden haben beschlossen, dass dieses Event alle drei Monate wiederholt werden soll. Die Vorbereitungen nehmen viel Zeit in Anspruch. Sie werden aber bald zur Routine werden.

Undine kommt auf mich zu, das ist das vereinbarte Zeichen, dass die Modenschau beginnt. Wir haben keinen „Laufsteg" geplant, sondern das erste Model kommt ganz natürlich aus der Kneipentür und bewegt sich selbstbewusst auf die Schaulustigen zu. Undine und ich fassen uns an den Händen und drücken ganz fest zu. Jetzt heißt es Sekt statt Selters und Rosen statt Veilchen. Bryan Adams erklingt aus unserem CD-Player in höchster Lautstärke und siehe da, es klappt. Die Aufmerksamkeit des Publikums ist erreicht. Da sich Susi ganz zögernd aus der Tür heraus bewegt, passt diese Haltung wunderbar zu dem Walzertakt: „Have you ever really loved a woman, tell her that she is the one." In dem Kleid kann man eine Frau auch lieben. Susi dreht sich ein wenig im Walzertakt nach rechts und links. Dabei schwingt ihr Rock mit und die Farben leuchten in der Sonne. Es ist ein Maxi-Kleid in hellblauem Oberkleid und einem weißen Unterkleid, das als eine zweite Schicht hervorblitzt. Der Rock ist wie eine Glocke geschnitten. Und das ist jetzt kaum zu glauben, die Zuschauer erkennen natürlich den Song und gehen im Takt leicht wie bei einem Walzer mit. Begeisterung pur, das kann ich wirklich sagen. Henrike tanzt aus der Tür, sie trägt einen Wickelrock und dazu ein Oberteil, auch in den Farben Hellblau und Weiß. Gleich hinterher erscheint Ruth mit einer eleganten dreiviertel langen Hose in Rosa und einer Tunika in Rosa und Weiß. Die Models bleiben in einer Linie stehen und bewegen sich im Takt hin und her. Undine bringt einen fahrbaren Kleiderständer mit allen geschneiderten Kleidungsstücken, an denen die Größen und Preise hängen. Sie holt den Schneider und alle Mitwirkenden der „Glockenblume" verbeugen sich und bekommen langanhaltenden Applaus. Die Frauen werden eingeladen, die Kunststücke zu begutachten und bekommen Informationen über Bestellungen und Preise. Unser wunderbarer Gärtner hat für die „Glockenblume" kleine hellblauweiße Sträuße vorbereitet und kommt von seinem Stand, um sie zu überreichen. Jemand hat Bryan Adams noch einmal aufgelegt und es ist nicht zu fassen, einige ältere Paare drehen sich im Walzer auf unserem Berliner Platz. Bryan singt: „... to really love a woman, to understand her you gotta know her deep inside. Hear every thought, see every dream and give her wings when she wants to fly." Er singt von uns, von Fritz und mir. Was für ein Song. Die „Glockenblume" hat dadurch vielleicht auch großen Zulauf und Anfragen und Bestellungen zu notieren, welch ein Erlebnis!

Wir, das „Dorf", sind so wohlig erschöpft und nun so verstehend ohne Worte miteinander verbunden. Die Herzen fühlen sich froh und erleichtert an, die Seelen lebendig mit Flügeln. Es ist ganz leise zwischen uns geworden. Wir fallen uns abwechselnd in die Arme, ganz still, ganz bewusst mit Empathie für einander. Die Arbeit ist geschafft. Eine neue lebendige Zukunft liegt am Horizont, die wir ergreifen müssen. Mit dieser inneren Haltung setzen wir uns an einen Tisch im Saal unserer kleinen Kneipe. Irene hat mit den Praktikantinnen einen Abschluss vorbereitet. Meine Hände zittern. Ich kann das Glas nicht ruhig halten. Der Blick geht in die Runde und dieser erotische Bryan Adam singt noch immer, wenn auch jetzt ganz leise im Hintergrund. Es gibt nur ein Wort für uns alle gegenseitig zu sagen: Danke. Eine Weile bleiben wir so still miteinander sitzen und wissen um unsere entstandene Freundschaft. Wir schauen lächelnd vor uns hin, zufrieden. Ein zuerst steiniger Weg ist geschafft durch Ausprobieren, durch Bereitschaft, durch die mutigen Frauen, durch Glauben an unser Können und an unsere Erfahrungen. „Ganz herzlichen Glückwunsch", sagt jemand und unsere Gedanken werden unterbrochen. Es ist Herr Sgrieß. Er steht einfach im Raum mit einer Mappe unter dem Arm. *Nun ist es endgültig,* denke ich. *In der Mappe sind die Urkunden für die Praktikantinnen. Alles hat seine Zeit.*

Irene meldet sich zu Wort und sagt: „Ich habe noch einen Wunsch an euch. Heute Abend bitte ich euch zum Danz up de Deel, kommt alle. Zieht euch etwas Buntes an und bleibt bis zur letzten Zigarette und zum letzten Glas im Stehen." Das freut uns. Herr Lüders, der Schneider, steht auf und schenkt mir das lange blau-weiße Kleid der „Glockenblume". Er sagt, wie wertvoll sein Leben durch das Projekt geworden ist, wie gern er mit dem Label weiterarbeiten möchte. Er meint noch verschmitzt, dass das Kleid auch ein schönes Brautkleid abgebe und schaut zu Fritz und mir herüber. Die Einladung für den Abend zu seinem Geburtstag sollen wir auf keinen Fall vergessen, er freut sich sehr darauf. Ein wirklich lautes Geräusch unterbricht ihn. Die Gräfin-Mutter erscheint in der Tür, die sie mit einem heftigen Stoß aufgerissen hat. Sie sieht wirr aus. Ihre dunklen Augen blitzen. Sie schaut sich suchend in dem Kneipenraum um. Da entdeckt sie den Schneider und stürzt auf ihn zu. Sie erfasst ihn gleich fest an den Schultern. Ich erwarte das Schlimmste und atme hörbar ein. „Der Graf, der Graf." Sie schüttelt den Schneider hin und her. „Der Graf, der Graf, mein Mann, er ist gerade im Schloss angekommen, stell dir vor, er lebt, er lebt!", sprudelt es aus ihr heraus und dann umarmt sie den Schneider, der bisher ihr größter Feind war.

Anhang zur verdammt guten Geschichte

Tante Annemaries Schuhsohlen
300 g Erdbeeren (oder andere Beeren), 275 g TK-Blätterteig, 1 Ei, 1 EL Milch, 100 g Hagel- oder Puderzucker, 200 g Schmand, 250 g steifgeschlagene Sahne, Preiselbeeren, Backpapier.

Erdbeeren stückeln, Backofen auf 200 °C (Ober- und Unterhitze) vorheizen, Blätterteig entrollen, in 12 gleichgroße Stücke schneiden, auf Backblech mit Backpapier legen. Ei mit Milch verquirlen, Teig damit bestreichen und mit 50 g Zucker bestreuen. Ca. 10 Minuten knusprig backen und auf einem Kuchengitter abkühlen lassen. Schmand, 2 EL Puderzucker (20 g) und Sahne zur Creme verrühren. Knusperschnitten ganz leicht und vorsichtig flachdrücken. Schichtweise die Zutaten stapeln, mit einer ganz dünnen Schicht Preiselbeeren beginnen.

Schlossbrötchen mit einem Quarkerlebnis
Ganz kleine Bruschetta-Brötchen halbieren, mit Quark oder Frischkäse bestreichen und in die Mitte etwas Erdbeermarmelade geben.

Gartenmarmelade
1 kg Erdbeeren (oder andere Beeren)., 1 Zitrone, 2 EL frischer Lavendel, 400 g Gelierzucker 2:1, ergibt ca. 5 Gläser

Erdbeeren putzen, klein schneiden und pürieren, Lavendelblüten von den Rispen abstreifen, fein hacken, beides in einem großen Topf mit Gelierzucker vermischen, mindestens 30 Minuten ziehen lassen, dann 3 Minuten unter Rühren köcheln lassen, in Gläser füllen.

Energiebällchen
Für ca. 10 Kugeln: 150 g Trockenfrüchte, 70 g Nüsse.
 Zutaten mit einem Mixer gut vermengen, die leicht klebrige Masse zu kleinen Bällchen formen. Wer mag, kann sie noch in Kokosraspeln wenden.
 Oder: große Möhren und 3 große Äpfel zerkleinern, 100 g Vollkornmehl, 100 g Traubenzucker, 50 g Früchtemüsli
 Alles vermengen und Bällchen formen, auf ein Backblech legen und bei 100 °C ca. 30 Minuten backen.

Leberkäse-Brezel
Beliebig viele Scheiben Leberkäse (je Brezel eine), Laugenbrezeln, Schlemmersauce Honig-Senf, Salatblätter
 Leberkäse ca. 5 Minuten braten oder grillen, Brezeln aufschneiden und mit Sauce bestreichen, Salatblatt auflegen und mit Leberkäse belegen.

Kaffeespezialitäten
Filterkaffee mit einer frisch geschlagenen Sahnehaube garnieren. Super lecker.

Rosendorfer Moccacino
Espresso und Filterkaffee mit Milch plus Kakaopulver, Trinkschokolade oder Schokoladensirup mischen.

Göttlicher Filterkaffee aus glücklichen Bohnen
200 ml Wasser (eine kleinere Kaffeetasse), 12 g Kaffee (ein gehäufter EL), Wasser (96 °C)
 Das frisch gekochte Wasser ca. 2 Minuten stehen lassen. Den Filter vorher leicht mit heißem Wasser anfeuchten.

Fruchtiger Eierlikör-Cocktail
Für vier Personen: 4 Heidelbeeren, 4 Himbeeren, 4 Schoko-Datteln, 8 EL Eierlikör, 600 ml „pur fruit" Orangensaft, 800 ml Gourmet Mehrfruchtsaft
    Früchte waschen, trocknen, mit Datteln auf einen Spieß stecken. Eiswürfel auf 4 Gläser verteilen, Eierlikör mit den Fruchtsäften verrühren und luftig aufmixen, in Gläser füllen. Cocktail mit Fruchtspießen garnieren.

Köstliches Möhrensüppchen
Möhren, Kartoffeln, 1 Zwiebel, Knoblauch, ein Stück Ingwer, 1 EL Öl, Gemüsebrühe, Apfelkompott, Salz, Pfeffer, Schlagsahne
    Öl im Topf erhitzen, Gemüse kleingeschnitten darin andünsten. Brühe aufgießen und ca. 20 Minuten kochen lassen. Gemüse in der Brühe mit Stabmixer pürieren, Apfelkompott unterrühren und die Suppe mit Salz und Pfeffer würzen. Die Sahne als Tupfer oben draufgeben.

Kräuter für jeden Tag

Minze: Sie mindert Naschsucht, ein paar Blättchen vom Stiel abschneiden und kauen.

Petersilie: Vitamin C, Kaliumlieferant, 1A Fettverbrenner, erst nach dem Kochen auf die Gerichte streuen.

Oregano: Bakterienkiller, er kann mitgegart werden, er kurbelt die Entgiftung und Verdauung an.

Löwenzahn: Verdauungs- und Entgiftungskiller, frische Blätter bereichern den Salat.

Rosmarin: Für einen Anti-Hunger-Tee – 1 EL gehackten Rosmarin mit kochendem Wasser übergießen, 10 Minuten ziehen lassen, abseihen. Warm oder kalt trinken. Auch praktisch für die nächste Grippewelle, Ätherische Öle wirken desinfizierend.

Für die Schönheit
Veilchen für schöne Füße: Eine Handvoll blaue Blüten in lauwarmes Wasser geben, 10 Tropfen Veilchenöl dazu. Relaxt, wirkt antibakteriell und pflegt die Haut schön zart.

Rosenstempel gegen Stress
Frische Rosenblätter auf ein kleines Stofftuch legen, mit 5 Tropfen Rosenöl benetzen, zusammenbinden. Gesicht, Schultern und Nacken intensiv damit abtupfen. Nimmt Spannungen.

Die Autorin

Nach dem Abschluss an einer Höheren Handelsschule geht Beate Lau nach Croydon, England, um dort in London zu studieren. Sie machte dort das Cambridge Examen und das Royal Society of Arts. Vor ihrem Studium für das Lehramt Sekundarstufe I arbeitet sie in der Wirtschaft und an einem Staatstheater. Sie unterrichtet 20 Jahre an der GHS Neustadt, bevor sie 2005 in Ruhestand geht. Heute engagiert sie sich als Hospizbegleiterin und Seniorentrainerin.

novum VERLAG FÜR NEUAUTOREN

Der Verlag

„ *Wer aufhört besser zu werden, hat aufgehört gut zu sein!*

Basierend auf diesem Motto ist es dem novum Verlag ein Anliegen neue Manuskripte aufzuspüren, zu veröffentlichen und deren Autoren langfristig zu fördern. Mittlerweile gilt der 1997 gegründete und mehrfach prämierte Verlag als Spezialist für Neuautoren in Deutschland, Österreich und der Schweiz.

Für jedes neue Manuskript wird innerhalb weniger Wochen eine kostenfreie, unverbindliche Lektorats-Prüfung erstellt.

Weitere Informationen zum Verlag und seinen Büchern finden Sie im Internet unter:

w w w . n o v u m v e r l a g . c o m